VALSA
MALDITA

OBRAS DA AUTORA PUBLICADAS PELA EDITORA RECORD

Série Rizolli & Isles

O cirurgião

O dominador

O pecador

Dublê de corpo

Desaparecidas

O Clube Mefisto

Relíquias

Gélido

A garota silenciosa

A última vítima

O predador

Segredo de sangue

Vida assistida

Corrente sanguínea

A forma da noite

Gravidade

O jardim de ossos

Valsa maldita

Com Gary Braver

Obsessão fatal

TESS GERRITSEN

VALSA MALDITA

Tradução de
Márcio El-Jaick

3ª edição

CIP-BRASIL. CATALOGAÇÃO NA PUBLICAÇÃO
SINDICATO NACIONAL DOS EDITORES DE LIVROS, RJ

G326v Gerritsen, Tess, 1953-
3ª ed.   Valsa maldita / Tess Gerritsen; tradução Márcio El-Jaick. – 3ª ed.
        – Rio de Janeiro: Record, 2024.
        238 p.; 23 cm.

        Tradução de: Playing with fire
        ISBN 978-85-01-10814-2

        1. Romance americano. I. El-Jaick, Márcio. II. Título.

16-35982   CDD: 813
                                                      CDU: 821.111(73)-3

Título original: Playing with fire

Copyright © 2015 por Tess Gerritsen
Copyright © da tradução por Editora Record, 2016

Texto revisado segundo o Acordo Ortográfico da Língua Portuguesa de 1990.

Todos os direitos reservados. Proibida a reprodução, no todo ou em parte, através de quaisquer meios. Os direitos morais da autora foram assegurados.

Editoração eletrônica: Abreu's System

Direitos exclusivos de publicação em língua portuguesa somente para o Brasil adquiridos pela
EDITORA RECORD LTDA.
Rua Argentina, 171 – Rio de Janeiro, RJ – 20921-380 – Tel.: (21) 2585-2000, que se reserva a propriedade literária desta tradução.

Impresso no Brasil

ISBN 978-85-01-10814-2

Seja um leitor preferencial Record.
Cadastre-se no site www.record.com.br e receba informações sobre nossos lançamentos e nossas promoções.

Atendimento e venda direta ao leitor:
sac@record.com.br

À memória de Michael S. Palmer

Julia

1

Do vão da porta, já sinto o cheiro de livros antigos, um perfume de páginas que se esfacelam e de couro desgastado pela ação do tempo. Os outros antiquários por que passei nesta ruazinha de pedras têm ar-condicionado e a porta fechada para manter o calor do lado de fora, mas a deste está aberta, como se me convidasse a entrar. É minha última tarde em Roma, a última chance de escolher um suvenir da minha visita. Já comprei uma gravata de seda para Rob e um vestido de babados para nossa filha de 3 anos, Lily, mas não achei nada para mim. Na vitrine deste antiquário, vejo exatamente o que quero.

Entro na penumbra, tão densa que meus olhos precisam de um instante para se ajustar. Lá fora faz um calor terrível, mas aqui está inusitadamente frio, como se eu tivesse adentrado uma caverna onde não penetram nem calor nem luz. Aos poucos, os objetos ganham forma, e vejo prateleiras cheias de livros, baús antigos e, no canto, uma armadura medieval desbotada. Nas paredes, há pinturas a óleo, todas pomposas e feiosas, adornadas com etiquetas de preço amareladas. Não percebo que o dono está parado num canto, por isso levo um susto quando ele se dirige a mim em italiano. Eu me viro e deparo com um homem baixinho, parecendo um gnomo, as sobrancelhas semelhantes a lagartas cobertas de neve.

— Perdão — digo. — *Non parlo italiano*.

— *Violino?* — Ele indica o estojo que trago às costas. Trata-se de um instrumento valioso demais para ficar no quarto do hotel, e sempre o carrego comigo em minhas viagens. — *Musicista?* — pergunta, imitando o gesto de quem toca violino, a mão direita segurando um arco imaginário, o braço fazendo um movimento de serrote.

— Sou, sim. Dos Estados Unidos. Eu me apresentei hoje de manhã no festival. — Embora ele assinta com a cabeça, sendo educado, não acho que me entenda de fato. Aponto para o artigo que vi na vitrine. — Posso dar uma olhada naquele livro? *Libro. Musica.*

Ele pega a obra da vitrine e me entrega o volume. Sei que é antigo pela forma como as pontas das folhas se desfazem ao meu toque. A edição é italiana e na capa há a palavra *Cigano*, além da imagem de um homem com cabelo desgrenhado tocando violino. Abro-o na primeira música, composta em tom menor. A obra me é desconhecida, uma melodia lamuriante que meus dedos já se coçam para tocar. Sim, é isso que estou sempre buscando, músicas antigas que foram esquecidas e merecem ser redescobertas.

Quando manuseio o livro, uma folha solta cai tremulando até o chão. Embora não faça parte da obra, é uma partitura, as pautas repletas de notas musicais escritas a lápis. O nome da composição foi redigido com uma elegante caligrafia rebuscada.

Incendio, composta por L. Todesco.

À medida que leio a música, ouço as notas em minha cabeça e, depois de alguns compassos, já sei que esta é uma linda valsa. Ela começa com uma melodia simples em mi menor. Mas, no décimo sexto compasso, fica mais complexa. No sexagésimo compasso, as notas começam a se amontoar, e há acidentes dissonantes. Viro a folha, e todos os compassos estão cheios de símbolos a lápis. Uma sequência de arpejos rápida como um raio lança a melodia num frenético turbilhão de notas, o que me provoca um arrepio repentino.

Preciso ter esta música.

— *Quanto costa?* — pergunto. — Esta folha mais o livro.

O dono da loja me fita com um brilho no olhar astuto.

— *Cento.* — Pega uma caneta e escreve o valor na palma da mão.

— Cem euros? Você só pode estar de brincadeira.

— *É vecchio.*

— Não é *tão velho* assim.

Ele dá de ombros, deixando claro que é pegar ou largar. Já viu a avidez em meus olhos. Sabe que pode cobrar um preço exorbitante por este volume caindo aos pedaços de músicas ciganas, que pagarei. Música é minha única extravagância. Não tenho nenhum interesse em joias, sapatos ou roupas de grife; o único acessório ao qual realmente dou valor é o violino de cem anos que agora trago às costas.

Ele me entrega o recibo da compra e saio do antiquário para o calor escaldante da tarde. Que estranho que estivesse tão frio lá dentro. Volto os olhos para a loja, mas não vejo nenhum ar-condicionado, apenas janelas fechadas e duas gárgulas idênticas sobre a fachada. A aldrava de bronze, uma cabeça de Medusa, reflete o sol diretamente em meu rosto. A porta agora está fechada, mas, pela vitrine empoeirada, vejo o dono me observar, pouco antes de fechar a persiana e desaparecer de vista.

Meu marido, Rob, fica extasiado com a gravata nova que comprei em Roma. Ele se posta diante do espelho do quarto e arruma a peça de seda com destreza em volta do pescoço.

— É exatamente disso que eu preciso para animar uma reunião chata — comenta. — Talvez essas cores mantenham todos acordados quando eu começar a examinar os números.

Aos 38 anos, ele continua tão esguio e atlético quanto era no dia em que nos casamos, embora os últimos dez anos tenham lhe acrescentado alguns fios grisalhos nas têmporas. Com a camisa branca engomada e as abotoaduras de ouro, meu marido, nascido e criado em Boston, parece ser exatamente o contador meticuloso que é. Com ele, tudo são números: lucros e perdas, ativos e dívidas. Ele enxerga o mundo em termos matemáticos, e até seu gestual segue uma geometria precisa, a gravata traçando um arco, formando o nó perfeito. Como somos diferentes! Os únicos números que me importam são os de sinfonias e *opus*, além dos compassos nas minhas partituras. Rob diz a todo mundo que foi por isso que se sentiu atraído por mim, porque, ao contrário dele, sou artista, uma criatura etérea, que dança à luz do sol. Já temi que nossas diferenças acabassem nos separando, que Rob, que mantém os pés tão firmemente plantados no chão, se cansasse de impedir que a esposa etérea flutuasse até as nuvens. Mas, dez anos depois, aqui estamos, ainda apaixonados.

Ele sorri para mim pelo espelho ao apertar o nó da gravata.

— Você acordou muito cedo hoje, Julia.

— Ainda estou no fuso horário de Roma. Já é meio-dia lá. É a vantagem do jet lag. Imagine só a quantidade de coisas que vou conseguir fazer hoje.

— Acho que você vai estar caindo pelas tabelas na hora do almoço. Quer que eu leve Lily à creche?

— Não. Quero passar o dia com ela. Estou me sentindo culpada por ter ficado a semana toda longe.

— Não deveria. Sua tia Val tomou conta de tudo, como sempre.

— Tá, mas eu morri de saudades e quero passar todos os minutos do dia de hoje com ela.

Ele se vira para me mostrar a gravata nova, ajustada no centro exato do colarinho.

— E o que vocês vão fazer?

— Está tão quente que podemos ir à piscina. Talvez passar na biblioteca, escolher uns livros.

— Boa ideia. — Ele se inclina para me beijar e o rosto barbeado exala um suave aroma cítrico. — Detesto quando você viaja, amor — murmura. — Da próxima vez, talvez eu possa tirar a semana de folga, para irmos juntos. Não seria muito mais...

— Mamãe, olha! Olha que bonito!

Nossa filha de 3 anos, Lily, surge no quarto dançando com o vestido novo que comprei em Roma, vestido este que ela experimentou ontem e agora se recusa a tirar. De repente, atira-se como um míssil em meus braços e caímos na cama, às gargalhadas. Não há nada mais doce que o cheiro da minha filha, e quero inalar cada molécula dela, absorvê-la de volta em meu corpo para sermos uma de novo. Enquanto abraço o sorridente emaranhado de cabelos loiros e babados lilases, Rob também se deita na cama e nos abraça.

— Aqui estão as duas meninas mais lindas do mundo — anuncia. — E são minhas, só minhas!

— Papai, fica em casa — pede Lily.

— Eu adoraria, querida. — Rob dá um beijo estalado na cabeça de Lily e se levanta, ainda que com certa relutância. — O papai precisa trabalhar, mas você é uma menina de sorte. Vai passar *o dia inteirinho* com a mamãe.

— Hora de colocar nossos maiôs — digo a Lily. — Vamos nos divertir à beça, só nós duas.

E nos divertimos mesmo. Nadamos na piscina do clube. Comemos pizza de mozarela, tomamos sorvete e vamos à biblioteca, onde Lily escolhe dois livrinhos ilustrados de burrinhos, seu animal preferido. Mas, quando chegamos em casa, às três da tarde, estou quase entrando em coma de tanta exaustão. Como Rob previu, o cansaço da viagem me pegou de jeito, e não há nada que eu deseje mais do que ir para a cama dormir.

Infelizmente, Lily está com a corda toda e levou a caixa de suas roupinhas de bebê para o quintal, onde nosso gato, Juniper, cochila. Lily adora vestir Juniper: já botou uma touca na cabeça dele e agora enfia uma pata dianteira na manga da camisa. Nosso velho e dócil gato tolera a situação como sempre, indiferente à afronta de rendas e babados.

Enquanto Juniper recebe seu banho de loja, levo ao quintal o violino e a estante de partitura, e abro o livro de músicas ciganas. Mais uma vez, a folha solta desliza e cai a meus pés. *Incendio*.

Não olho para essa música desde o dia em que a comprei, em Roma. Agora, ao fixar a folha na estante, penso naquele antiquário escuro e sombrio, e em seu dono, à espreita num canto como uma criatura das cavernas. De repente, sinto a pele arrepiar, como se o frio do lugar ainda estivesse contido naquela música.

Ergo o violino e começo a tocar.

Nesta tarde úmida, o instrumento soa mais profundo, mais rico em harmônicos do que nunca, o timbre aveludado e quente. Os primeiros trinta e dois compassos da valsa são tão bonitos quanto imaginei, um lamento em um barítono pesaroso. Mas, no quadragésimo compasso, as notas se aceleram. A melodia muda de curso, afetada pelos acidentes, e se eleva à sétima posição na corda mi. Sinto o suor brotar no rosto ao tentar manter a afinação e o andamento. É como se o arco deslizasse sozinho, como se tocasse sob efeito de magia e eu apenas tentasse acompanhá-lo. Ah, que obra maravilhosa! Que peça virtuosística. Só preciso conseguir dominá-la! As notas voam escala acima. De repente, perco completamente o controle e desafino: sinto cãibra na mão esquerda quando a música alcança o frenesi absoluto.

Neste momento, uma mãozinha encosta em minha perna. Algo molhado e quente lambuza minha pele.

Paro de tocar e olho para baixo. Lily me encara, os olhos claros como água turquesa.

Mesmo quando, consternada, arranco de sua mão ensanguentada a ferramenta de jardinagem, seus tranquilos olhos azuis permanecem impassíveis. Os pezinhos descalços deixaram pegadas no piso do quintal. Sentindo um pânico crescente, sigo as marcas no chão até a origem do sangue. E é então que começo a gritar.

2

Rob me ajuda a limpar o sangue do gato do quintal. O pobre Juniper está agora enrolado num saco de lixo preto, à espera de ser enterrado. Cavamos sua cova num canto afastado do jardim, atrás do arbusto de lilases, para que eu não a veja sempre que for ao quintal. Juniper tinha 18 anos e estava quase cego. Era um companheiro afetuoso que merecia passar a eternidade em algo melhor do que num saco de lixo, mas eu estava aturdida demais para pensar em uma alternativa.

— Tenho certeza de que foi só um acidente — insiste Rob. Ele joga a esponja suja no balde e a água ganha um nauseante tom rosado. — Lily deve ter tropeçado e caído em cima de Juniper. Ainda bem que essa coisa não estava com a ponta virada para o rosto dela, porque poderia ter furado um olho. Ou poderia ter acontecido coisa muito pior.

— Fui eu que enrolei Juniper no saco de lixo. Vi o corpo, e não foi só um golpe. Como ela poderia tropeçar e cair *três vezes*?

Ele ignora minha pergunta. Pega a arma do crime, um arrancador de inço com dois dentes na ponta, e indaga:

— Em primeiro lugar, como foi que ela pôs as mãos nisso?

— Eu tirei ervas daninhas do jardim na semana passada. Devo ter me esquecido de guardar de volta no galpão. — Ainda há sangue nos dentes do arrancador de inço, e desvio o olhar. — Rob, a reação de Lily não incomoda você? Ela matou Juniper e, poucos minutos depois, estava pedindo suco. É isso que me assusta, a tranquilidade dela em relação ao que fez.

— Ela é pequena demais para entender. Uma criança de 3 anos não sabe o que significa a morte.

— Ela deve ter percebido que estava machucando Juniper. Ele provavelmente emitiu *algum* som.

— Você não ouviu nada?

— Eu estava tocando violino, bem aqui. Lily e Juniper estavam naquele canto do quintal. Pareciam estar muito bem juntos. Até...

— Talvez ele a tenha arranhado. Talvez tenha feito alguma coisa para provocá-la.

— Vá lá em cima e dê uma olhada nos braços dela. Não tem arranhão nenhum. E você sabe como Juniper era dócil. Qualquer um podia puxar seu pelo, pisar em seu rabo, e ele jamais arranharia ninguém. Estava comigo desde que era filhote, e morrer assim...

A vontade de chorar embarga minha voz, e me sento numa cadeira do quintal, desnorteada de tristeza e exaustão. E de culpa, porque não fui capaz de salvar meu velho amigo enquanto ele sangrava até a morte a seis metros de mim. Rob dá um tapinha sem jeito em meu ombro, sem saber como me consolar. Meu marido racional, matemático, é inútil quando se trata de lidar com lágrimas femininas.

— Ei, amor — murmura. — E se a gente comprasse outro gato?

— Você não pode estar falando sério. Depois do que ela fez com Juniper?

— Tudo bem, foi uma ideia estúpida. Mas, por favor, Julia, não culpe Lily. Aposto que ela sente tanta falta dele quanto nós. Simplesmente não entende o que aconteceu.

— Mamãe? — grita Lily do quarto, onde a deixei dormindo. — *Mamãe!*

Embora ela tenha chamado por mim, é Rob que a pega na cama, que a segura no colo ao se sentar na cadeira de balanço que eu usava para amamentá-la. Ao observá-los, penso nas noites em que ela ainda era bebê, e eu a ninava nessa mesma cadeira, hora após hora, o rostinho aveludado acomodado em meu seio. Noites mágicas, insones, quando éramos apenas Lily e eu. Eu olhava fixamente nos olhos dela e sussurrava: "Por favor, nunca se esqueça disso. Nunca se esqueça do quanto a mamãe ama você."

— O gatinho foi embora — diz Lily, chorando no ombro do pai.

— É, querida — murmura Rob. — O gatinho foi para o céu.

— Você acha que esse comportamento é normal para uma criança de 3 anos? — pergunto ao pediatra na semana seguinte, na consulta de rotina de Lily.

O Dr. Cherry examina a barriga da minha filha, provocando nela gargalhadas ao apertar seu abdome, e não responde de imediato à minha pergunta. Parece gostar genuinamente de crianças, e Lily reage com o charme de sempre. Obediente, vira a cabeça para que o médico possa examinar os ouvidos, abre bem a boca quando ele insere o abaixador de língua. Minha adorável filha já sabe encantar qualquer um que veja pela frente.

Ele endireita o corpo e olha para mim.

— O comportamento agressivo não é necessariamente algo preocupante. Nessa idade, é fácil a criança ficar frustrada por não conseguir se expressar direito. E a senhora disse que ela continua formando frases de três ou quatro palavras.

— Isso é algo com que eu deveria me preocupar? Que ela não fale tanto quanto as outras crianças?

— Não, não. As etapas do desenvolvimento não são completadas no mesmo ritmo por todos. Existe muita variação entre as crianças, e Lily está progredindo conforme o esperado em todos os outros aspectos. Peso e altura, habilidades motoras, está tudo normal. — Ele senta minha filha na beirada da mesa de exames e abre um sorriso para ela. — E você é uma menininha muito legal! Queria que todos os meus pacientes cooperassem assim. Dá para ver como se concentra. Como presta atenção.

— Mas, depois do que aconteceu com nosso gato, isso quer dizer que ela poderia fazer algo ainda pior quando... — Paro de falar ao me dar conta de que Lily me observa, ouvindo tudo que digo.

— Sra. Ansdell — diz o Dr. Cherry baixinho —, por que não deixa Lily na sala de recreação? É melhor conversarmos sobre isso a sós, na minha sala.

É claro que ele tem razão. Inteligente e atenta, é quase certo que minha filha compreenda mais do que imagino. Levo-a até a sala de recreação do consultório, como ele sugeriu. O cômodo tem brinquedos espalhados por toda parte, objetos de plástico cintilante, sem pontas afiadas, sem partes pequenas que possam ser engolidas por boquinhas ávidas. Há um menino da idade dela ajoelhado fazendo barulho de motor ao empurrar um caminhão basculante vermelho pelo carpete. Ponho Lily no chão, e ela se dirige imediatamente à mesinha com xícaras e bule de plástico. Pega o bule e serve o chá invisível, uma xícara de cada vez. Como sabe fazer isso? Nunca reuni as amigas para um chá da tarde em casa, e, no entanto, lá está minha filha, manifestando o estereótipo do comportamento feminino enquanto o menino brinca com o caminhão.

O Dr. Cherry está sentado à mesa quando entro em sua sala. Pelo vidro, podemos observar as duas crianças no cômodo ao lado; na sala de recreação há um espelho falso, de modo que eles não nos veem. Os dois brincam separadamente, cada um em seu mundinho.

— Acho que a senhora pode estar dando uma importância maior a esse episódio do que ele tem — observa o médico.

— Ela só tem 3 anos e matou o gato da família.

— Houve algum indício de que isso poderia acontecer? Algum sinal de que ela o machucaria?

— Nenhum. Eu tenho Juniper desde antes de me casar. Lily o conhece desde que nasceu e foi sempre muito carinhosa com ele.

— O que poderia ter desencadeado esse ataque? Ela estava com raiva? Estava frustrada com alguma coisa?

— Não. Parecia bastante satisfeita. Os dois estavam tão tranquilos juntos, e os deixei brincando enquanto tocava violino.

Ele considera este último detalhe.

— Imagino que exija muita concentração. Tocar violino, digo.

— Eu estava testando uma nova peça musical. Então, sim, eu estava concentrada.

— Isso talvez explique tudo. Você estava ocupada fazendo outra coisa, e ela quis chamar sua atenção.

— Matando o gato? — Solto uma risada incrédula. — Que maneira drástica de fazer isso! — Olho pelo vidro e vejo minha filha de cabelinho dourado sentada comportadamente à mesa, participando de seu chá da tarde imaginário com suas amigas imaginárias. Não quero mencionar a próxima possibilidade, mas preciso perguntar.

— Eu li um artigo na internet sobre crianças que maltratam animais. Parece que isso é um péssimo sinal. Pode significar que ela tem sérios problemas emocionais.

— Confie em mim, Sra. Ansdell — diz ele com um sorriso afável. — Lily não vai virar uma serial killer. Se ela maltratasse animais com *frequência*, ou se houvesse histórico de violência na família, então talvez eu ficasse mais preocupado.

Não digo nada. Meu silêncio o leva a franzir o cenho.

— A senhora quer me contar alguma coisa? — pergunta ele, num murmúrio.

Respiro fundo.

— *Há* histórico na família. De doença mental.

— No lado do seu marido, ou no seu?

— No meu.

— Não me lembro de ter visto nada disso na ficha médica de Lily.

— Porque nunca mencionei. Não achei que algo assim pudesse ser genético.

— Assim como?

Demoro a responder porque, embora queira abrir o jogo, não quero contar mais do que o necessário. Mais do que me sinto à vontade. Volto os olhos para minha filha linda, do outro lado do vidro.

— Aconteceu pouco tempo depois que meu irmão nasceu. Eu tinha só 2 anos na época, por isso não me lembro de nada. Fiquei sabendo os detalhes anos depois, pela minha tia. Ela disse que minha mãe teve algum tipo de surto psicótico e precisou ser internada, porque concluíram que ela poderia colocar outras pessoas em risco.

— O momento do surto indica que seria um caso de depressão ou psicose pós-parto.

— É, esse foi o diagnóstico que me disseram que foi feito. Vários psiquiatras a examinaram e chegaram à conclusão de que ela não estava mentalmente apta e que por isso não podia ser responsabilizada pelo que aconteceu.

— E o que aconteceu?

— Meu irmão... meu irmão caçula... — Minha voz vira um sussurro. — Minha mãe o deixou cair, e ele morreu. Disseram que ela estava delirando na hora. Ouvindo vozes.

— Sinto muito. Deve ter sido um momento difícil para a sua família.

— Não consigo nem imaginar como foi para o meu pai. Perder o filho. Ver minha mãe internada.

— Ela se recuperou?

— Não. Morreu dois anos depois, de apendicite supurada. Não cheguei a conhecê-la de verdade, mas agora não paro de pensar nela. E fico imaginando se Lily... se o que ela fez com nosso gato...

Agora ele entende do que tenho medo. Suspirando, tira os óculos.

— Eu lhe garanto que não há nenhuma relação entre as duas coisas. A genética da violência não é tão simples quanto Lily herdar seus olhos azuis e cabelos loiros. Há poucos casos documentados que são claramente hereditários. Por exemplo, tem uma família holandesa em que quase todos os homens foram presos. E sabemos que o menino que nasce com um cromossomo Y extra é mais propenso a cometer crimes.

— Existe algo equivalente na mulher?

— Mulheres podem ser sociopatas, claro. Mas é uma questão de genética? — Ele balança negativamente a cabeça. — Os dados não corroboram essa hipótese.

Os dados. Ele parece Rob, sempre citando números e estatísticas. Esses homens acreditam tanto nos números! Aludem a estudos científicos e citam as últimas pesquisas. Por que isso não me tranquiliza?

— Fique calma, Sra. Ansdell. — O Dr. Cherry dá um tapinha em minha mão. — Sua filha é perfeitamente normal. É afetuosa, cativante, e a senhora mesma disse que ela nunca fez nada assim antes. Não há motivo para preocupação.

Lily está dormindo em sua cadeirinha quando chego à casa de tia Val. Está na hora de seu cochilo, e ela dorme tão profundamente que nem se mexe quando a pego no colo. Mesmo dormindo, segura o Burrico, que vai para todo lado com ela e ultimamente está com a aparência medonha: puído, cheio de manchas de baba e provavelmente infestado de bactérias. O coitado foi remendado tantas vezes que se transformou num Frankenstein, ziguezagueado com minhas costuras amadoras. Já vejo outro rasgo no tecido, por onde o enchimento começa a sair.

— Ah, olha só que lindeza! — exclama Val quando entro com Lily em sua casa. — Parece um anjinho.

— Posso botá-la na sua cama?

— Claro. Só deixe a porta aberta, para ouvirmos caso ela acorde.

Levo Lily ao quarto de Val e a coloco com cuidado sobre o edredom. Por um instante, fico observando Lily de longe, como sempre encantada com minha filha adormecida. Então chego mais perto e sinto seu cheiro e o calor que sobe do rostinho rosado. Durante o sono ela suspira e murmura "Mamãe", palavra que sempre me faz sorrir. Palavra que ansiei por ouvir nos anos dolorosos em que tentava, em vão, engravidar.

— Minha bebê — sussurro.

Quando volto à sala, Val pergunta:

— Então, o que o Dr. Cherry disse?

— Que não há motivo para preocupação.

— Não falei? Crianças e animais de estimação nem sempre combinam. Você não se lembra, mas, quando tinha 2 anos, atazanava meu cachorro. Quando ele finalmente a mordeu, você deu um tapa nele. Imagino que seja o que aconteceu entre Lily e Juniper. Às vezes a criança reage sem pensar. Sem entender as consequências.

Olho a horta de Val pela janela, o pequeno Éden cheio de tomates, ervas e videiras de pepino subindo pelas treliças. Meu finado pai também gostava de jardinagem. Gostava de cozinhar, recitar poesia e cantar desafinado, exatamente como a irmã, Val. Os dois são até parecidos nos retratos de infância, ambos magros e bronzeados, com os cabelos curtos. Há tantas fotografias do meu pai na casa de Val que sempre que venho aqui sinto um aperto no peito. Na parede à minha frente, há retratos de meu pai aos 10 anos, com a vara de pescar. Aos 12, com o aparelho de radioamador. Aos 18, com a beca de formatura do colégio. Ele está sempre com o mesmo sorriso largo.

E, na estante, fica o retrato dele com minha mãe, tirado no dia que me levaram para casa, recém-nascida. É a única foto da minha mãe que Val permite na casa. Só a tolera porque também apareço na imagem.

Levanto-me para examinar os rostos no retrato.

— Sou igualzinha a ela. Nunca tinha me dado conta de quanto.

— É, você se parece com ela, sim. E ela era linda. Quando Camilla entrava em qualquer lugar, todo mundo se virava para olhar. Foi seu pai bater o olho nela, para se apaixonar. O coitado do meu irmão não conseguiu evitar.

— Você a odiava tanto assim?

— Odiar? — Val reflete. — Não. No começo, longe disso. Como todo mundo que a conhecia, fui totalmente envolvida pelo charme de Camilla. Nunca conheci outra mulher que fosse tão perfeita quanto sua mãe. Beleza, inteligência, talento. Ah, e que estilo!

Solto uma risada pesarosa.

— *Isto* eu com certeza não herdei.

— Ah, meu amor, você herdou o melhor dos seus pais: a beleza e o talento musical de Camilla, e o coração generoso de Mike. Você foi a melhor coisa que aconteceu na vida do seu pai. Só lamento que ele tenha precisado se apaixonar por *ela* primeiro, para que você viesse ao mundo. Mas, veja, todo mundo se apaixonava por ela. Sua mãe tinha aquele jeito de atrair as pessoas.

Penso na minha filha, na facilidade com que encantou o Dr. Cherry. Aos 3 anos, ela já sabe seduzir todo mundo. É um dom que nunca tive, mas Lily nasceu com ele.

Devolvo a fotografia de meus pais à estante e me viro para Val.

— O que realmente aconteceu com o meu irmão?

A pergunta a deixa nervosa, e ela desvia o olhar: evidentemente não é uma conversa que deseje travar. Eu sempre soube que havia algo mais naquela história, algo mais sombrio e perturbador do que me disseram, e evitei insistir no assunto. Até agora.

— Val? — pergunto.

— Você sabe o que aconteceu — diz ela. — Eu lhe contei assim que achei que tinha idade para entender.

— Mas não me contou os detalhes.

— Ninguém quer saber dos detalhes.

— Agora preciso saber. — Volto os olhos para o quarto, onde minha filha adorada dorme. — Preciso saber se Lily é como minha mãe.

— Pare, Julia. Você está redondamente enganada se acha que Lily tem *qualquer* semelhança com Camilla.

— Durante todos esses anos, só ouvi fragmentos do que aconteceu com meu irmão. Mas sempre senti que a história estava incompleta, que havia coisas que vocês não queriam me dizer.

— A história toda não vai torná-la mais fácil de ser compreendida. Trinta anos depois, eu ainda não entendo por que ela fez aquilo.

— O que exatamente ela *fez*?

Val considera a pergunta por um instante.

— Depois do que aconteceu, quando ela finalmente foi a julgamento, os psiquiatras disseram que foi depressão pós-parto. Também era nisso que seu pai acreditava, no que *queria* acreditar. E ele ficou tão aliviado quando não a mandaram para a cadeia. Para sorte de Camilla, ela foi internada naquele hospital.

— Onde a deixaram morrer de apendicite. Não me parece tanta sorte assim.

Val ainda não me olha. O silêncio entre nós fica tão denso que parece correr o risco de se solidificar se eu não o quebrar.

— O que você não está me contando? — pergunto.

— Desculpe, Julia. Você tem razão, não fui totalmente sincera. Pelo menos não em relação a isso.

— Em relação a quê?

— À morte da sua mãe.

— Achei que ela tivesse morrido de apendicite supurada. Foi o que você e meu pai sempre disseram, que aconteceu dois anos depois de ela ser internada.

— Ela morreu *de fato* dois anos depois, mas não foi de apendicite supurada. — Val suspira. — Eu não queria lhe contar isto, mas você está pedindo a verdade. Sua mãe morreu de gravidez ectópica.

— *Gravidez?* Mas ela estava internada numa instituição psiquiátrica.

— Exatamente. Camilla nunca revelou quem era o pai, e nunca ficamos sabendo. Depois que ela morreu, quando limparam seu quarto, encontraram vários objetos escondidos. Álcool, joias caras, itens de maquiagem. Não tenho dúvidas de que ela oferecia sexo em troca de favores, e de que estava fazendo isso por vontade própria, sempre a mestre da manipulação.

— Ainda assim, ela foi vítima. Tinha uma doença mental.

— É, foi o que os psiquiatras disseram na audiência. Mas, na minha opinião, Camilla não estava nem deprimida nem psicótica. Estava *entediada*. E ressentida. E cansada do seu irmão, que tinha muitas cólicas e não parava de chorar. Ela queria ser sempre o centro das atenções e estava acostumada a ver os homens se digladiando para fazê-la feliz. Camilla era uma menina mimada que sempre conseguia o que queria, mas que de repente se viu casada e presa a dois filhos que nunca desejou. Na audiência, alegou não se lembrar de nada, mas o vizinho testemunhou o que aconteceu. Viu Camilla surgir na varanda com seu irmão no colo. Ele a viu jogar o bebê do parapeito, deliberadamente. Ela não o deixou cair, ela o *jogou* do segundo andar. Ele só tinha três semanas de vida, Julia, um menininho lindo de olhos azuis, como os seus. Agradeço a Deus o fato de eu estar cuidando de você naquele dia. — Val respira fundo e me encara. — Ou você também poderia estar morta.

3

A chuva bate na janela da cozinha, escorrendo pelo vidro, enquanto Lily e eu fazemos cookies de aveia com passas para a festa da escolinha, amanhã. Numa era em que toda criança é alérgica a ovo, glúten ou castanhas, fazer cookies parece um ato subversivo, como se eu estivesse preparando petiscos envenenados para as delicadas criaturinhas. As outras mães devem estar criando pratos saudáveis, como frutas fatiadas e cenoura crua, mas eu misturo manteiga, ovos, farinha e açúcar para produzir a massa gordurosa que Lily e eu botamos em pequenas porções nos tabuleiros. Depois que os cookies saem do forno, quentes e cheirosos, vamos para a sala, onde deixo dois biscoitos e um copo de suco de maçã diante de Lily, para seu lanche da tarde. Hum, açúcar; que mãe terrível eu sou!

Ela está comendo, satisfeita, quando pego a estante de partitura. Faz dias que mal tiro o violino do estojo, e preciso estudar antes do próximo ensaio do quarteto. O instrumento se acomoda em meu ombro como um velho amigo e, quando o afino, a madeira emite um som delicado, suave, um lamento que pede algo lento e doce para se aquecer. Deixo de lado o arranjo para quarteto de Shostakovich que pretendia ensaiar e coloco *Incendio* na estante. Passei a semana inteira com fragmentos da valsa na cabeça, e hoje acordei ávida para ouvi-la de novo, para me certificar de que é tão linda quanto me lembro.

Ah, e é linda mesmo! A lamúria do violino parece evocar corações partidos e um amor perdido, florestas escuras e montanhas assombradas. A tristeza se transforma em agitação. A melodia subjacente não mudou, mas agora as notas se aceleram, sobem a escala para a corda mi, onde galopam uma série de arpejos ascendentes. Meu batimento cardíaco aumenta de frequência com o ritmo alucinado. Tenho dificuldade em manter o andamento, os dedos se atropelando. Sinto dor nas mãos. De repente o som sai desafinado e a madeira começa a zumbir como se vibrasse numa frequência proibida que fará o instrumento se despedaçar. Mas continuo, enfrentando a dificuldade, querendo que o violino se renda a mim. O zumbido fica mais alto, a melodia se erguendo num grito.

Mas é meu próprio grito que ouço.

Arfando em agonia, olho para minha coxa. Para o caco de vidro ali cravado em minha pele como um punhal de cristal. Em meio ao meu choro, ouço alguém dizendo repetidamente duas palavras numa voz tão monótona, tão mecânica, que não a reconheço. Só quando vejo seus lábios se mexendo é que percebo que é minha própria filha. Ela me fita com os olhos que são de um azul plácido, sobrenatural.

Respiro fundo algumas vezes para reunir coragem e seguro o caco de vidro. Com um berro, eu o arranco da coxa. O sangue escorre pela perna, numa torrente escarlate. É a última coisa que assimilo antes de tudo escurecer.

Sob o torpor dos analgésicos, ouço meu marido conversando com Val no outro lado da cortina no pronto-socorro. Ele está ofegante, como se tivesse ido correndo até o hospital. Val tenta acalmá-lo.

— Ela vai ficar bem, Rob. Precisou levar alguns pontos e tomar uma vacina antitetânica. E está com um galo enorme na testa porque bateu com a cabeça na mesinha de centro quando desmaiou. Mas, assim que recobrou a consciência, conseguiu ligar para mim. Fui imediatamente à sua casa e a trouxe para cá.

— Então não é nada sério? Tem certeza de que ela só desmaiou?

— Se você visse a quantidade de sangue no chão, entenderia por que ela desmaiou. Foi um corte feio, e deve ter doído muito. Mas o médico disse que a ferida está limpa e não deve infeccionar.

— Então posso levá-la para casa?

— Pode. Pode, sim. É só que...

— O quê?

Val baixa a voz.

— Estou preocupada com ela. No carro, ela me disse...

— Mamãe! — ouço Lily chamar. — Quero minha mãe.

— Psiu, a mamãe está descansando, princesa. Precisamos fazer silêncio. Não, Lily, fique aqui. Não, Lily!

A cortina se abre e minha filha surge, os braços erguidos para mim. Eu me encolho, estremecendo ao seu toque.

— Val! — grito. — Por favor, leve ela daqui.

Minha tia pega Lily no colo.

— Vou ficar com ela hoje, está bem? Lily, nós vamos dormir na minha casa. Não vai ser divertido?

Lily mantém os braços estendidos, implorando por um abraço, mas viro o rosto, temendo encará-la, temendo ver aquele estranho olhar azul. Depois que Val leva minha filha, permaneço imóvel na cama. É como se meu corpo estivesse envolto num bloco de gelo tão grosso que jamais serei capaz de me libertar. Rob está ao meu lado, acariciando meus cabelos, mas nem sinto seu toque.

— Por que não vamos para casa, amor? — pergunta ele. — Podemos pedir pizza e passar uma noite tranquila, só nós dois.

— A morte de Juniper não foi acidente — sussurro.

— O quê?

— Ela me atacou, Rob. Foi de propósito.

Ele para de passar a mão nos meus cabelos.

— Sei que pode ter parecido que foi de propósito, mas ela só tem 3 anos. É nova demais para entender o que fez.

— Ela pegou um caco de vidro. E *o cravou na minha perna*.

— Onde ela achou o vidro?

— Deixei cair uma jarra no chão hoje de manhã e ela quebrou. Joguei os cacos no lixo. Lily deve ter pegado lá.

— E você não viu isso acontecer?

— Por que parece que você está me culpando?

— Eu... só estou tentando entender como tudo isso pode ter ocorrido exatamente.

— Eu estou *dizendo exatamente* o que aconteceu. Ela fez de propósito. Ela mesma disse.

— O que ela disse?

— Duas palavras seguidas, sem parar, como um mantra. "Dodói mamãe."

Ele me encara como se eu fosse louca, como se eu pudesse saltar da cama e atacá-lo, porque nenhuma mulher sã tem medo da filha de 3 anos. Ele sacode a cabeça, sem saber explicar a cena que descrevi. Nem mesmo Rob pode resolver essa equação.

— Por que ela faria isso? — pergunta, afinal. — Agora mesmo estava aqui chamando você, querendo abraçá-la. Ela *ama* você.

— Já não sei mais.

— Sempre que está com dor, sempre que está doente, quem ela chama? É sempre você. Você é o centro do universo de Lily.

— Ela ouviu meu grito. Viu meu sangue e estava tranquila. Olhei nos olhos dela e não vi amor nenhum ali.

Rob não consegue esconder a incredulidade; está estampada em seu rosto, óbvia como um letreiro luminoso. É como se eu tivesse lhe dito que Lily criou garras.

— Por que não descansa um pouco, amor? Vou falar com a enfermeira, ver quando posso levar você para casa.

Ele sai e eu fecho os olhos, exausta. Os analgésicos que ministraram anuviam meu cérebro, e só quero mergulhar num sono profundo, mas, neste movimentado pronto-socorro há telefones demais tocando, pessoas demais conversando. Ouço as rodas de uma maca atravessando o corredor e, a distância, um bebê chora. Um bebê muito novo. Lembro-me da noite em que trouxe Lily a este mesmo pronto-socorro, quando tinha apenas dois meses de vida e estava com febre alta. Lembro-me de sua temperatura elevada, do rostinho vermelho, deitada na mesa de exames. Foi isto o que mais me assustou: ela não chorou. De repente, sinto saudade daquele bebê, da Lily de que me lembro. Fecho os olhos e sinto o cheiro do seu cabelo, minha boca colada à sua cabecinha.

— Sra. Ansdell? — ouço alguém chamar.

Abro os olhos e vejo um rapaz pálido ao lado da cama. Ele usa óculos com armação de arame e jaleco branco, e seu crachá diz "Dr. Eisenberg", mas ele não parece ter idade suficiente para ser médico. Não parece ter idade suficiente para ter terminado o ensino médio.

— Acabei de falar com seu marido. Ele acha que eu deveria trocar uma palavrinha com a senhora sobre o que aconteceu hoje.

— Já contei ao outro médico. Esqueci o nome dele.

— Aquele era o médico socorrista. Estava concentrado no tratamento da ferida. Eu gostaria de falar com a senhora sobre o que provocou a ferida, quero saber por que acha que foi sua filha.

— Você é pediatra?

— Sou residente em psiquiatria.

— Psiquiatria infantil?

— Adulta. Fui informado de que a senhora está muito abalada.

— Entendi. — Solto uma risada cansada. — Minha filha me apunhala, então é evidente que sou *eu* quem precisa de psiquiatra.

— Foi isso que aconteceu? Ela apunhalou você?

Afasto o lençol para mostrar a coxa, onde o corte recém-suturado está agora coberto pelo curativo.

— Sei que não imaginei esses pontos.

— Li as anotações do médico socorrista, e me parece que o corte foi feio. E esse hematoma na testa?

— Eu desmaiei. Ver sangue sempre me deixa tonta. Acho que bati a cabeça na mesinha de centro.

Ele puxa um banco e se senta. Com as pernas compridas e o pescoço fino, parece uma cegonha empoleirada ao meu lado.

— Conte mais sobre sua filha. Seu marido me disse que ela tem 3 anos.

— É. Acabou de fazer aniversário.

— Ela alguma vez já fez algo parecido?

— Teve um incidente. Duas semanas atrás.

— O gato. Sim, seu marido me contou.

— Então você sabe que temos um problema. Sabe que não é a primeira vez.

Ele inclina a cabeça, como se eu fosse uma criatura estranha que está tentando entender.

— A senhora foi a única pessoa que testemunhou esse comportamento dela?

A pergunta me deixa alerta. Será que ele acha que é tudo uma questão de interpretação? Que outra pessoa enxergaria algo totalmente diferente? É natural que ele deduza que uma criança de 3 anos seja inocente. Poucas semanas atrás, eu jamais acreditaria que minha filha, com quem já troquei tantos beijos e abraços, seria capaz de um ato de violência.

— Você não conheceu Lily, conheceu? — pergunto.

— Não, mas seu marido me disse que ela é uma criança muito alegre e encantadora.

— É, sim. Todo mundo acha que ela é um encanto.

— E, quando a senhora olha para ela, o que vê?

— Ela é minha filha. Claro que acho que é perfeita em todos os sentidos. Mas...

— Mas?

Minha garganta se fecha num sussurro.

— Ela está diferente. Mudou.

Ele não diz nada, mas começa a escrever na prancheta. Caneta e papel, que antiquado! Todos os outros médicos com quem me deparo hoje em dia usam laptop. A letra dele parece uma fileira de formigas atravessando a folha.

— Conte para mim sobre o dia em que sua filha nasceu. Houve alguma complicação? Alguma dificuldade?

— Foi um parto demorado. Dezoito horas. Mas correu tudo bem.

— E o que a senhora achou da experiência?

— Além de ser exaustiva?

— Emocionalmente. Quando viu sua filha pela primeira vez. Quando a segurou no colo pela primeira vez.

— Você está querendo saber se nós estabelecemos um vínculo, não é? Se eu a queria.

O médico me observa, esperando que eu responda à minha própria pergunta. Só a minha *interpretação* do que ele está inquirindo já é uma espécie de teste de Rorschach, e sinto que se trata de um campo minado. O que acontece se eu disser a coisa errada? Vou me transformar na Mãe Malvada?

— Sra. Ansdell — diz ele, com delicadeza —, não existe resposta errada.

— Sim, eu queria minha filha! — exclamo. — Rob e eu passamos anos tentando engravidar. Quando Lily nasceu, foi o melhor dia da minha vida.

— Então a senhora ficou feliz.

— Claro que fiquei feliz! E... — Detenho-me. — Um pouco assustada.

— Por quê?

— Porque de repente eu era responsável por aquela pessoinha, alguém com uma alma própria. Alguém que eu ainda não conhecia.

— Quando a senhora olhou para ela, o que viu?

— Uma menina linda. Dez dedos nas mãos, dez dedos nos pés. Quase sem cabelo — acrescento, com uma risada melancólica —, mas perfeita em todos os sentidos.

— A senhora disse que ela era alguém com alma própria. Alguém que a senhora ainda não conhecia.

— Porque os recém-nascidos são uma incógnita, não temos ideia do que serão. Se vão nos amar. Só podemos esperar para ver quem se tornarão quando crescerem.

O médico volta a escrever na prancheta. Obviamente, eu disse algo que ele achou interessante. Terá sido a parte da alma? Não sou nem um pouco religiosa e não sei por que falei isso. Observo-o com apreensão cada vez maior, sem saber quando este suplício chegará ao fim. O efeito da anestesia local passou e a ferida dói. Enquanto o psiquiatra escreve vagarosamente sei-lá-o-quê sobre mim, fico cada vez mais desesperada para sair deste lugar superiluminado.

— Que tipo de alma a senhora acha que sua filha tem? — pergunta ele.

— Não sei.

O médico me encara com a sobrancelha erguida, e me dou conta de que a resposta não era o que ele esperava. A mãe normal, afetuosa, faria questão de salientar que a filha é meiga, cordial e inocente. Minha resposta deixa em aberto outras possibilidades, mais sombrias.

— Como era ela quando bebê? — pergunta ele. — Tinha muita cólica? Algum problema para comer ou dormir?

— Não, quase não chorava. Estava sempre feliz, sempre sorrindo. Sempre querendo abraço. Nunca achei que a maternidade seria tão fácil, mas foi.

— E com o passar do tempo?

— Ela nunca fez pirraça. Foi a filha perfeita, até... — Volto os olhos para o lençol que cobre minha perna ferida, e a voz se perde.

— Por que a senhora acha que ela a atacou?

— Não sei. Nós estávamos tendo um dia maravilhoso. Tínhamos acabado de fazer cookies juntas. Ela estava sentada à mesa, tomando suco.

— E a senhora acha que ela pegou o caco de vidro no lixo?

— Só pode ter sido.

— A senhora não viu?

— Eu estava tocando violino. Meus olhos estavam na partitura.

— Ah, sim. Seu marido me disse que a senhora é violinista profissional. Toca em uma orquestra?

— Sou o segundo violino de um quarteto. É um grupo feminino. — Ele apenas assente com a cabeça, e me sinto instigada a acrescentar: — Nós nos apresentamos em Roma algumas semanas atrás.

Isso parece impressioná-lo. Concertos internacionais sempre deixam as pessoas impressionadas, até elas descobrirem a miséria que recebemos.

— Quando toco, fico muito concentrada — explico. — Foi provavelmente por isso que não notei Lily se levantar e ir à cozinha.

— A senhora acha que ela se ressente do tempo que passa ensaiando? As crianças geralmente detestam quando a mãe fala ao telefone ou trabalha no computador, porque querem atenção absoluta.

— Isso nunca a incomodou antes.

— Haveria algo diferente dessa vez? Talvez a senhora estivesse mais concentrada do que de costume.

Reflito por um instante.

— Bem, a música estava *de fato* me deixando frustrada. É uma obra nova, bastante difícil. Estou tendo dificuldade com a segunda metade.

Detenho-me, lembrando-me da dificuldade de tocar a valsa. Meus dedos doíam com aquelas notas terríveis fugindo ao meu controle. Embora a composição se chame *Incendio*, meus dedos pareciam congelados.

— Sra. Ansdell, há algum problema?

— Duas semanas atrás, no dia em que Lily matou nosso gato, eu estava tocando a mesma música.

— Que música é essa?

— É uma valsa que comprei na Itália. Uma obra manuscrita que encontrei num antiquário. E se não for coincidência?

— Duvido que possamos responsabilizar uma música pelo comportamento dela.

Agora estou agitada, obcecada por essa linha de raciocínio.

— Já toquei outras obras que eram igualmente difíceis, e Lily nunca se comportou mal, nunca reclamou quando eu tocava. Mas tem alguma coisa diferente nessa valsa. Só toquei a música duas vezes e, em ambas as ocasiões, minha filha fez algo terrível.

Por um instante, ele fica sem dizer nada, sem escrever nada na prancheta. Apenas me encara, mas quase posso ver as engrenagens de sua mente rodando.

— Descreva a música. A senhora disse que é uma valsa.

— É uma obra forte, em mi menor. Você tem alguma noção de música?

— Toco piano. Continue.

— A melodia começa devagar, simples. Quase me pergunto se não teria sido originalmente composta para ser dançada. Mas depois vai ficando cada vez mais complexa. Há acidentes estranhos e uma série de intervalos do diabo.

— O que é isso, *intervalos do diabo*?

— Também são chamados de trítonos, ou quarta aumentada. Na era medieval, eram considerados malignos e foram banidos da música de igreja por serem muito dissonantes e perturbadores.

— Essa valsa não me parece ser tão agradável assim.

— E é difícil de tocar, principalmente quando se eleva até chegar à estratosfera.

— Então as notas são agudas?

— Ficam numa região mais aguda do que os segundos violinos costumam tocar.

O médico faz outra pausa. Algo que eu disse o deixou intrigado, e alguns instantes se passam antes de ele perguntar:

— Quando você estava tocando essa valsa, em que momento Lily a atacou? Foi durante a execução dessas notas agudas?

— Acho que sim. Sei que eu já tinha virado a folha.

Observo-o bater a caneta na prancheta, uma batida metronômica, nervosa.

— Quem é o pediatra de Lily? — pergunta ele, de súbito.

— É o Dr. Cherry. Fomos nele na semana passada, para a consulta de rotina. E ele disse que Lily é perfeitamente saudável.

— Ainda assim, acho que vou telefonar para o Dr. Cherry. Se a senhora estiver de acordo, vou sugerir a consulta a um neurologista.

— Para Lily? Por quê?

— É só um palpite, Sra. Ansdell. Mas talvez a senhora tenha descoberto uma pista muito importante. Essa música pode ser a resposta para tudo o que aconteceu.

À noite, Rob está dormindo profundamente quando saio da cama e desço para a sala. Ele limpou todo o sangue, e o único vestígio do que aconteceu comigo é uma mancha molhada no tapete. A estante de partitura está onde a deixei, com o manuscrito de *Incendio*.

À luz fraca do abajur, é difícil enxergar as notas, por isso levo a folha para a mesa da cozinha e me sento para examiná-la com maior atenção. Não sei o que devo procurar. Trata-se apenas de uma folha de partitura preenchida com notas musicais, a lápis. Nos dois lados, vejo indícios da pressa com que a obra foi composta: ligaduras representadas por meros traços, notas que não passam de pontos. Não vejo nenhuma magia negra aqui, nenhuma filigrana ou runa oculta. Mas algo na música contaminou nossa vida e transformou minha filha em alguém que me ataca. Alguém que me deixou assustada.

De repente, quero destruir a folha. Quero queimá-la, reduzi-la a cinzas, de modo que ela não possa nos fazer mal.

Levo-a ao fogão, giro o botão e observo o fogo azul ganhar vida. Mas não consigo. Não posso destruir o que talvez seja o único manuscrito de uma valsa que me encantou desde que a vi pela primeira vez.

Desligo o fogão.

A sós na cozinha, volto os olhos para a música, sinto seu poder irradiando da folha como o calor de uma chama.

E me pergunto: *De onde você veio?*

Lorenzo

4

Veneza, antes da guerra

No dia em que descobriu uma pequena rachadura em seu adorado violino, herança de família e feito em Cremona dois séculos antes, o professor Alberto Mazza sabia que apenas o melhor *luthier* de Veneza poderia consertá-lo e, por isso, foi imediatamente à loja de Bruno Todesco, na Calle della Chiesa. Com faca de escultura e plaina, Bruno era conhecido por transformar abeto e bordo em instrumentos que ganhavam vida com o deslizar de um arco sobre cordas. Da madeira morta, criava vozes, e não apenas vozes comuns; os instrumentos soavam com tanta beleza que eram tocados em orquestras de Londres a Viena.

Quando Alberto entrou na loja, o *luthier* estava tão entretido no trabalho que não notou a chegada do novo cliente. Alberto ficou observando Bruno lixar a superfície esculpida da madeira, massageando-a como se ela fosse uma amante, e lhe chamou atenção a concentração com que o homem trabalhava, o corpo todo dobrado para a frente, como se tentasse transferir a própria alma à madeira, de modo que ela renascesse e cantasse para ele. Uma ideia ocorreu a Alberto, algo que ele só pensou naquele momento: ali estava um verdadeiro artista, devotado a seu ofício. Bruno tinha a reputação de ser um homem de hábitos pacatos, trabalhador, que não sabia o que eram dívidas. Não frequentava a sinagoga com regularidade, era bem verdade, mas volta e meia aparecia lá e sempre mostrava respeito aos integrantes mais antigos da congregação.

Enquanto Bruno trabalhava na delicada estrutura de madeira, ainda alheio ao cliente, Alberto examinava a loja. Havia uma fileira de violinos reluzentes pendurados pela voluta, todos já munidos de cavalete e cordas, prontos para serem tocados. Abaixo da imaculada bancada de vidro havia caixas de resina, cavaletes e cordas. No fundo do salão estavam os pedaços de abeto e bordo, esperando para ser entalhados e transformados em instrumentos. Por onde olhava, Alberto só via ordem e disciplina. Aquela era a loja de um homem que não caía em desleixo, que dava valor a suas ferramentas e se preocupava com as coisas importantes da vida. Embora Bruno ainda não tivesse 40 anos, o cabelo já rareava no topo da cabeça. Sua altura era mediana e ele jamais poderia ser considerado bonito. Mas tinha um requisito indispensável: era solteiro.

Era aí que os interesses deles se alinhavam. Aos 35 anos, a filha de Alberto, Eloisa, também era solteira. Não era bonita e nem minimamente atraente, tinha zero pretendentes, e, a menos que se tomasse alguma providência, morreria solteirona. Concentrado no trabalho, Bruno não fazia ideia da rede conjugal que estava prestes a ser lançada sobre sua cabeça. Alberto queria netos e, para tanto, precisava de um genro.

Bruno serviria à perfeição.

* * *

No casamento, oito meses depois, Alberto sacou o venerável violino de Cremona que Bruno havia consertado e tocou as canções comemorativas que o avô lhe ensinara décadas antes, as mesmas canções que mais tarde tocaria para os três filhos de Eloisa e Bruno. O primeiro a nascer foi Marco, que veio ao mundo chutando e esmurrando o ar, já enfurecido com a vida. Três anos depois, nasceu Lorenzo, que quase nunca chorava porque estava ocupado demais ouvindo tudo, a cabeça girando ao som de cada voz, cada canto de pássaro, cada nota que Alberto tocava. Dez anos mais tarde, quando Eloisa tinha 49 anos e estava certa de que não teria mais filhos, a pequena Pia, a bebê miraculosa, chegou ao mundo. Ali estavam os preciosos netos que Alberto sempre desejara: dois meninos e uma menina, todos bem mais bonitos do que se esperava, considerando-se a aparência comum dos pais.

Porém, das três crianças, apenas Lorenzo revelou sinais de talento musical.

Aos 2 anos, depois de ouvir uma melodia apenas duas vezes, o menino já conseguia cantá-la, de tanto que ela se cravava em sua memória, como as ranhuras de um disco fonográfico. Aos 5 anos, tocava aquela mesma música com seu violininho, feito especialmente para ele pelo pai, na loja da Calle della Chiesa. Aos 8 anos, sempre que Lorenzo ensaiava no quarto, os transeuntes da Calle del Forno paravam para ouvir a música que saía pela janela. Poucos poderiam imaginar que aquelas notas perfeitas eram produzidas pelas mãos de uma criança, num violino infantil. Lorenzo e o avô Alberto sempre tocavam em dupla, e as melodias que transpunham a janela atraíam moradores até de Ghetto Vecchio. Algumas pessoas ficavam tão emocionadas com a suavidade das notas que choravam em plena rua.

Quando completou 16 anos, Lorenzo já tocava o *Capriccio Nº 24* de Paganini, e Alberto chegou à conclusão de que estava na hora. Uma música tão difícil merecia um instrumento à altura, e o avô deu ao menino o estimado violino de Cremona.

— Mas é seu violino, vovô — disse Lorenzo.

— Agora, é seu. Seu irmão, Marco, não liga para música, só quer saber de política. Pia prefere passar a vida sonhando com um príncipe encantado. Mas você tem o dom. Vai tocar bonito. — Ele assentiu com a cabeça. — Vamos lá, rapaz. Quero ouvir.

Lorenzo botou o violino no ombro. Por um instante, apenas o manteve ali, como se esperasse que a madeira se fundisse à pele. O instrumento havia atravessado seis gerações, e a mesma queixeira de ébano já acomodara o rosto do avô de seu avô. Estavam guardadas na memória do violino todas as melodias que já haviam sido tocadas nele, e agora era a vez de Lorenzo acrescentar as suas.

O menino deslizou o arco pelas cordas, e as notas que brotaram daquela lustrosa caixinha de abeto e bordo arrepiaram Aberto. A primeira obra que Lorenzo tocou foi uma antiga música cigana que ele havia aprendido quando tinha apenas 4 anos. Agora, a tocava devagar, atento ao modo como cada nota fazia a madeira vibrar. Em seguida, tocou uma animada sonata de Mozart, depois um rondó de Beethoven e, por fim, terminou com Paganini. Pela janela, Alberto via a multidão se juntar diante de casa, as cabeças erguidas para a música gloriosa.

Quando Lorenzo finalmente baixou o arco, a plateia improvisada aplaudiu.

— Ah, sim — murmurou Alberto, pasmo com a apresentação do neto. — Ela foi feita para você.

— Ela?

— O violino tem nome: La Dianora, a Feiticeira. É o nome que recebeu de meu avô quando ele estava tendo dificuldade de dominá-la. Meu avô dizia que o instrumento resistia a cada compasso, cada nota. Nunca aprendeu a tocar muito bem, e culpava o violino. Dizia que ela só obedeceria àqueles destinados a serem seus donos. Quando me deu o instrumento e ouviu as notas que alcancei, disse: "Ela foi feita para você." Exatamente como lhe digo agora. — Alberto pôs a mão no ombro do neto. — O violino é seu até você passá-lo a seu filho ou neto. Ou quem sabe a sua filha. — Alberto sorriu. — Cuide bem desse instrumento, Lorenzo. Ele foi feito para durar muitas vidas, não apenas a sua.

5

Junho de 1938

— Minha filha tem bom ouvido e excelente técnica no violoncelo, mas lhe faltam concentração e perseverança — observou o professor Augusto Balboni. — Não há nada como a perspectiva de uma apresentação para trazer à tona o melhor do músico, e talvez essa seja a motivação de que ela necessita. — Ele encarou Lorenzo. — Foi por isso que pensei em você.

— O que acha, rapaz? — perguntou Alberto ao neto. — Você faria ao meu velho amigo um favorzinho, tocando um dueto com a filha dele?

Lorenzo dividia o olhar entre Alberto e o professor, tentando desesperadamente pensar numa desculpa para recusar. Quando o chamaram à sala para tomar café, não fazia ideia de que esse era o motivo. A mãe havia servido bolo, frutas e biscoitos cobertos de açúcar, sinal de seu apreço pelo professor Balboni, que era colega de Alberto no departamento de música da Ca' Foscari. Com seu terno de bom corte e vasta cabeleira loira, Balboni não apenas causava forte impressão, como também era um pouco intimidante. Embora Alberto parecesse se encolher com a idade a cada ano que passava, Balboni ainda estava no ápice da virilidade, um homem de gestos amplos e grandes apetites, que ria alto e com frequência. Durante suas muitas visitas a Alberto, a voz retumbante de Balboni se fazia ouvir até no quarto de Lorenzo, no terceiro andar da residência.

— Seu avô me contou que você deve participar do concurso de música da Ca' Foscari este ano — disse Balboni.

— Devo, sim. — Lorenzo voltou os olhos para Alberto, que se limitou a abrir um sorriso indulgente. — Ano passado não pude participar porque machuquei o pulso.

— Mas já está curado?

— Ele está melhor do que nunca — respondeu Alberto. — E aprendeu a parar de correr nessa maldita escada.

— Você acha que tem chance de ganhar o prêmio?

Lorenzo balançou a cabeça.

— Não sei. Há ótimos músicos competindo.

— Seu avô me disse que ninguém é melhor que você.

— Ele diz isso porque é meu avô.

O professor Balboni soltou uma risada.

— É, todo mundo vê genialidade debaixo do próprio teto. Mas conheço Alberto há mais de vinte anos, e ele nunca foi homem de exagerar. — Balboni tomou um gole do café e deixou a xícara sobre o pires. — Você tem o quê? Uns 18 anos?

— Faço 19 em outubro.

— Perfeito. Laura tem 17.

Lorenzo não conhecia a filha do sujeito e imaginava que ela seria como o pai: corpulenta e espalhafatosa, com mãos carnudas e dedos grossos que atacariam feito martelos as cordas do violoncelo. Observou o professor pegar um biscoito na travessa e mordê-lo, deixando o bigode sujo de açúcar. As mãos de Balboni eram grandes o bastante para grandes façanhas no piano, sem dúvida motivo de ele ter escolhido o instrumento. No violino, dedos grossos como os dele simplesmente se atropelariam.

— Minha proposta é a seguinte, Lorenzo — disse Balboni, limpando o açúcar do bigode. — Você estaria me fazendo um grande favor, e acho que não seria um fardo terrível. Ainda faltam alguns meses para o concurso, por isso há tempo de sobra para preparar o dueto.

— Com sua filha.

— Você já pretendia mesmo participar do concurso, então por que não se aliar a Laura e se inscrever na categoria de dueto de violino e violoncelo? Para a apresentação, eu estava pensando talvez no *Opus 65* de Carlos Maria von Weber, ou num arranjo do *Rondó Nº 2, Opus 51*, de Beethoven. Ou talvez você prefira alguma sonata de Campagnoli. No seu nível, todos seriam possibilidades. Claro que isso significa que Laura teria de se dedicar, mas essa é exatamente a motivação de que ela precisa.

— Mas eu nunca a ouvi tocar — disse Lorenzo. — Não sei como soaríamos juntos.

— Vocês têm meses para ensaiar. Tenho certeza de que vão estar preparados.

Lorenzo imaginou horas e mais horas de sofrimento, preso num cômodo abafado com uma menina enorme e desengonçada. A agonia de ouvi-la se atrapalhar com as notas. A afronta de dividirem o palco enquanto ela destruía Beethoven ou von Weber. Ah, ele sabia do que se tratava tudo aquilo! O professor Balboni queria que a filha fosse vista da melhor maneira possível, e, para tanto, ela precisava de um par suficientemente talentoso a fim de disfarçar suas imperfeições. Seu avô obviamente entendia o que estava acontecendo e lhe pouparia esse suplício.

Mas Alberto retribuía o olhar de Lorenzo com um sorriso enlouquecedoramente sereno, como se aquele acordo já tivesse sido discutido e aprovado. O professor Balboni era seu melhor amigo; é claro que Lorenzo aceitaria.

— Vá lá em casa na quarta-feira, por volta das quatro horas — convidou Balboni. — Laura estará à sua espera.

— Mas não tenho a partitura de nenhuma das músicas que o senhor sugeriu. Vou precisar de tempo para encontrar.

— Tenho todas na minha biblioteca. Vou entregá-las ao seu avô amanhã, na faculdade, para você estudar antes. Também tenho outras músicas, caso não goste dessas composições. Estou seguro de que você e Laura vão chegar a um acordo que agrade a ambos.

— E se não chegarmos? E se descobrirmos que não temos compatibilidade musical?

O avô abriu um sorriso para tranquilizá-lo.

— Não há nada definido aqui. Por que você não se encontra com a moça? — sugeriu. — Depois decide se quer continuar.

Pouco antes das quatro horas da quarta-feira seguinte, Lorenzo chegava com seu violino a Dorsoduro. O bairro era habitado sobretudo por professores e acadêmicos, e as construções eram muito mais imponentes do que sua modesta casa em Cannaregio. Ao se aproximar do endereço dos Balboni, na Fondamenta Bragadin, ele se deteve, intimidado pela porta imensa, com aldrava de cabeça de leão em bronze. Atrás dele, a água batia no canal, e barcos passavam fazendo barulho. Na ponte San Vio, dois homens discutiam sobre qual deles deveria pagar por um muro avariado. Entre suas vozes nervosas, Lorenzo ouviu o som de um violoncelo. As notas pareciam ecoar de toda parte ao mesmo tempo: dos tijolos, das pedras, da água. Será que a música vinha do interior das paredes amareladas da residência do professor Balboni?

Ele bateu a aldrava de bronze e ouviu o toque reverberar pela casa feito um trovão. A porta se abriu, revelando uma mulher de uniforme de governanta, que o olhou de cima a baixo com a cara fechada.

— Com licença, me disseram para vir às quatro horas.

— Você é o neto de Alberto?

— Sou, sim. Vim ensaiar com a Srta. Balboni.

A mulher voltou os olhos para o estojo do violino e assentiu rapidamente com a cabeça.

— Entre.

Ele a acompanhou pelo corredor escuro, passando por quadros de homens e mulheres cujos corpos avantajados sugeriam serem integrantes da família Balboni. Lorenzo se sentia um intruso naquela casa enorme, os sapatos de couro rangendo no mármore encerado.

Com timidez, perguntou à governanta:

— O professor está em casa?

— Deve estar chegando. — A música ficava cada vez mais alta, e o próprio ar parecia zumbir com aquelas notas poderosas. — Ele disse que podem começar o ensaio sem a sua presença.

— A Srta. Balboni e eu ainda não fomos apresentados.

— Ela está esperando por você. Não precisa de apresentação.

A governanta abriu uma porta dupla, deixando o som do violoncelo se derramar para fora como mel.

Laura Balboni estava sentada à janela de costas para ele. Contra a luminosidade do sol, Lorenzo só via sua silhueta, a cabeça baixa, os ombros curvados para abraçar o instrumento. Ela tocava sem saber que tinha uma plateia, criticamente avaliando cada nota que saía do violoncelo. A técnica não era perfeita. Volta e meia ele ouvia uma nota desafinada, e as semicolcheias eram irregulares. Mas a execução era forte, o arco deslizando nas cordas com tanta segurança que até os erros pareciam intencionais, as notas tocadas com ímpeto. Naquele momento, não importava a ele a aparência da moça. Ela podia ter o rosto de um jumento ou as ancas de uma vaca. Só lhe importava a música que saía das cordas, executada com tamanha paixão que o violoncelo parecia prestes a arder em chamas.

— Srta. Balboni? O rapaz chegou — anunciou a governanta.

O arco silenciou de súbito. Por um instante, a garota permaneceu debruçada sobre o instrumento, como se relutasse em desfazer o abraço. Mas então endireitou-se na cadeira e se virou para ele.

— Ora, ora — disse Laura, depois de uma pausa. — Você não é o ogro que eu imaginava.

— Foi assim que seu pai me descreveu?

— Meu pai não descreveu você. Por isso imaginei o pior. — Ela voltou os olhos para a governanta. — Obrigada, Alda. Você pode fechar a porta para não a incomodarmos.

A governanta se retirou, deixando Lorenzo sozinho com aquela estranha criatura. Ele esperava uma versão feminina do professor Balboni, de rosto vermelho e pescoço roliço, mas o que tinha diante dos olhos era uma menina de extraordinária beleza. O cabelo comprido, dourado, reluzia ao sol vespertino. Ela o fitava, mas ele não sabia dizer se os olhos eram azuis ou verdes, e estava tão distraído com seu olhar que não notou de imediato os braços, nos quais antigas cicatrizes se amontoavam. Então viu a pele danificada e, embora tenha imediatamente voltado os olhos para o rosto dela, não conseguiu disfarçar o assombro. Qualquer outra menina com a pele tão deformada teria enrubescido, desviado o rosto ou cruzado os braços para esconder as cicatrizes. Mas Laura Balboni não fez nada disso. Manteve-as à plena vista, como se tivesse orgulho delas.

— Você toca muito bem — elogiou ele.

— Você parece surpreso.

— Para ser sincero, eu não sabia o que esperar.

— O que meu pai falou de mim?

— Pouca coisa. Admito que fiquei desconfiado.

— Também estava esperando uma ogra?

Lorenzo soltou uma risada.

— Para ser sincero, estava.

— E o que acha agora?

O *que* ele achava? Laura era bonita e talentosa, sem dúvida, mas também um pouco assustadora. Lorenzo jamais havia conhecido uma menina que fosse tão direta, e o olhar franco dela o deixou sem palavras.

— Esqueça. Não precisa responder. — Ela indicou o estojo do violino. — Você não vai pegar seu instrumento?

— Então você quer mesmo levar isso adiante? Ensaiar o dueto?

— A menos que você prefira fazer outra coisa comigo.

Enrubescendo, Lorenzo imediatamente se pôs a abrir o estojo. Sentia os olhos dela sobre si e imaginou a má impressão que decerto estava causando: alto e desengonçado, os sapatos surrados, o colarinho amarrotado. Não havia se vestido com esmero para a visita porque não tinha nenhum interesse em impressionar Laura, a Ogra. Mas, agora que a havia conhecido, arrependia-se de não estar usando sua camisa bonita, de não ter engraxado os sapatos. A primeira impressão é a que fica, e ele jamais poderia voltar no tempo para mudar este dia. Resignado, afinou o violino e tocou uns arpejos para aquecer os dedos.

— Por que você concordou com isso? — perguntou Laura.

Ele se pôs a passar resina no arco.

— Porque seu pai achou que formaríamos um bom dueto.

— E você aceitou só porque ele pediu?

— Ele é amigo e colega de trabalho do meu avô.

— Então era impossível recusar. — Ela suspirou. — Você precisa ser sincero comigo, Lorenzo. Se não quiser fazer isso, é só me dizer. Eu digo a meu pai que fui eu que decidi.

Ele se virou para Laura, e desta vez não conseguiu desviar os olhos. Tampouco queria.

— Eu vim para tocarmos juntos — disse. — É o que acho que devemos fazer.

Ela assentiu.

— Então começamos com von Weber? Para ver se os instrumentos casam bem?

Laura botou a partitura de von Weber na estante. Ele não havia levado sua própria estante, por isso se postou atrás dela, para acompanhar a partitura. Os dois estavam tão próximos que Lorenzo sentia o cheiro da menina, doce como pétalas de rosa. A blusa tinha manga bufante com acabamento em renda, e no pescoço havia uma corrente delicada da qual pendia uma minúscula cruz, pouco acima do primeiro botão da blusa. Ele sabia que os Balboni eram católicos, mas a visão daquela cruz de ouro em seu colo o fez hesitar.

Antes de ele acomodar o queixo no violino, ela começou os quatro primeiros compassos. O andamento era *moderato*, e as notas introdutórias irromperam aveludadas e contemplativas. Os braços de Laura podiam ser cobertos de cicatrizes feias, mas faziam mágica no violoncelo. Lorenzo ficou imaginando como a menina teria se queimado. Uma queda na lareira quando criança? Uma panela fumegante caindo do fogão? Enquanto outras garotas usariam manga comprida, ela exibia audaciosamente sua desfiguração.

No quinto compasso, o violino dele se juntou à melodia. Unidos em perfeita harmonia, os dois criaram uma música muito mais esplêndida do que a mera soma dos instrumentos. Era *assim* que von Weber deveria ser tocado! Mas tratava-se de uma obra curta, e logo eles chegaram ao último compasso. Mesmo depois que ambos ergueram o arco, as últimas notas pareciam continuar vibrando no cômodo, como um melancólico suspiro.

Laura o encarou, a boca entreaberta, admirada.

— Eu não sabia que essa música era tão bonita!

Ele voltou os olhos para a partitura.

— Nem eu.

— Por favor, vamos tocar de novo!

Atrás dele, alguém pigarreou. Lorenzo se virou e encontrou a governanta, Alda, que trazia uma bandeja com xícaras e biscoitos. Nem sequer olhou para ele, limitando-se a fitar Laura.

— A senhorita tinha pedido chá.

— Obrigada, Alda — disse Laura.

— O professor Balboni já deveria ter chegado.

— Você sabe como ele é. O papai não se atém a horários. Ah, Alda? Hoje seremos três para o jantar.

— Três? — Só então a governanta se dignou a olhar para Lorenzo. — O rapaz vai ficar?

— Desculpe, Lorenzo. Eu deveria ter perguntado a você primeiro — disse Laura. — Ou tem outros planos para o jantar?

Ele dividia o olhar entre a menina e a governanta, sentindo a tensão na sala aumentar. Pensou na mãe, que agora estaria preparando a refeição da noite. E pensou na cruz de ouro pendurada no pescoço de Laura.

— Minha família está me esperando para jantar. Vou ter de declinar o convite.

A boca de Alda se abriu num sorriso satisfeito.

— Então serão apenas dois para o jantar, como de costume — concluiu, retirando-se.

— Você precisa voltar para casa tão cedo? Tem tempo para tocar mais algumas músicas comigo? — perguntou Laura. — Meu pai sugeriu Campagnoli ou o rondó de Beethoven para o concurso. Embora eu admita que não gosto muito de nenhum dos dois.

— Então vamos escolher outra coisa.

— Mas não ensaiei nenhuma outra música.

— Quer tentar um dueto que você não tenha ensaiado?

— Que dueto?

Lorenzo pegou no bolso lateral do estojo do violino duas folhas de partitura, que deixou na estante de Laura.

— Tente esse. Acho que dá para você tocar de primeira.

— *La Dianora* — leu ela, a testa franzida. — Que título interessante!

Pegou o arco e atacou o primeiro compasso com animação.

— Não, não! Você está tocando rápido demais. É um adágio. Se começar acelerado demais, não vai ter nenhuma surpresa quando virar presto.

— Como eu iria saber? — rebateu ela. — Não diz "adágio" em lugar nenhum. E nunca vi essa música antes!

— Claro que nunca viu. Acabei de compor.

Laura o encarou, surpresa.

— A música é *sua*?

— É.

— E por que se chama *La Dianora*? A Feiticeira?

— É o nome do meu violino. Ainda estou revisando a segunda metade, porque não está boa, mas acho que o motivo geral tem força. E esse arranjo permite que os dois instrumentos tenham destaque, o que seria vantagem num concurso de duetos.

— Ah, essa droga de concurso! — suspirou Laura. — Por que tudo precisa ser sobre quem é o melhor, o primeiro colocado? Seria maravilhoso tocar só por prazer.

— Você não está se divertindo?

Ela se manteve em silêncio por um instante, fitando a música.

— Estou — respondeu, mostrando-se surpresa. — Estou me divertindo. Mas a pressão do concurso muda tudo.

— Por quê?

— Porque agora não se trata mais de diversão. Trata-se de orgulho. Tem uma coisa que você precisa saber sobre mim, Lorenzo. Eu não gosto de perder. Nunca. — Ela o encarou. — Se vamos entrar na competição, tenho toda a intenção de ganhar.

6

Durante os dois meses seguintes, toda quarta-feira Lorenzo atravessava a ponte para Dorsoduro. Às quatro horas, batia à porta da Fondamenta Bragadin e era recebido pela eternamente ranzinza governanta. Laura e ele ensaiavam *La Dianora*, depois faziam um intervalo para tomar chá com bolo, momento em que às vezes o professor Balboni aparecia. Depois os dois tocavam qualquer música que lhes agradasse, mas, no fim, sempre voltavam a *La Dianora*, que haviam definido como a música do concurso.

A parte do violoncelo estava deixando Laura frustrada. Isso era nítido em seu rosto: a testa franzida, o maxilar cerrado. "De novo!", exigia ela depois de se atrapalhar num trecho difícil. E depois da tentativa fracassada seguinte: "De novo!" E: "De novo!" A menina era tão impetuosa que às vezes o assustava. Aí caía no riso quando, após uma hora de dificuldade naquela droga de trecho, de repente acertava. No espaço de uma tarde, conseguia surpreender, frustrar e encantar Lorenzo.

A quarta-feira já não era um dia qualquer. Agora havia se tornado "o dia de Laura", quando ele adentrava a casa dela, o mundo dela, e se esquecia do seu; quando se sentava perto o bastante para seus joelhos se tocarem, para ver o brilho do suor em seu rosto e ouvi-la respirar ofegante ao atacar as cordas com o arco. Um dueto era mais do que dois instrumentos tocando juntos. Era também um estado de harmonia perfeita, um elo tão completo entre mentes e corações que a pessoa sabe o instante exato em que a outra erguerá o arco para deixar a última nota morrer.

À medida que o concurso se aproximava, eles ficavam cada vez mais perto de alcançar essa perfeição. Lorenzo os imaginava no palco da Ca' Foscari, os instrumentos reluzindo, o vestido de Laura se derramando no chão em torno da cadeira. Imaginava a apresentação irrepreensível e o sorriso triunfante no rosto dela. Os dois se dariam as mãos e agradeceriam repetidas vezes os aplausos da plateia.

Depois guardariam os instrumentos, se despediriam, e seria o fim. Nada mais de ensaios, nada mais de tardes com Laura. *Preciso me lembrar deste momento. Depois que cada um seguir seu rumo, as lembranças serão tudo que terei.*

— Ah, pelo amor de Deus, Lorenzo! — resmungou ela. — Onde você está com a cabeça hoje?

— Desculpe. Não sei em que compasso estamos.

— No vigésimo sexto. Você fez uma coisa estranha ali, e nos perdemos. — Ela franziu a testa. — Algum problema?

— Não. — Ele girou o ombro, massageou o pescoço. — É só que faz horas que estamos ensaiando.

— Quer fazer outro intervalo para o chá?

— Não, vamos continuar.

— Você está com pressa?

Deixá-la era a última coisa que ele desejava, mas eram quase oito horas, e o cheiro do jantar começava a escapar da cozinha.

— Está tarde. Não quero incomodar.

— Entendo. — Laura suspirou. — Sei que você acha insuportável ficar aqui comigo.

— Como é?

— Nós não *precisamos* gostar um do outro. Só precisamos tocar bem juntos, não é?

— Por que você acha que não gosto da sua companhia?

— Não é óbvio? Já o convidei três vezes para jantar. E você sempre recusou.

— Laura, você não entende...

— O que eu deveria entender?

— Achei que você só estava tentando ser educada quando me convidou.

— Educado seria convidar *uma* vez. *Três* vezes é bem mais do que mera educação.

— Desculpe. Sei que Alda não se sente à vontade comigo aqui e não quis dificultar as coisas.

— Alda chegou a *dizer* isso a você?

— Não. Mas está estampado em seu rosto. O jeito como ela me olha.

— Ah, então agora você é vidente. Bate os olhos em Alda e sabe *exatamente* o que se passa em sua cabeça. E, minha nossa, ela *não gosta* de você, então é claro que não pode aceitar meus convites. Você sempre se deixa desencorajar com tanta facilidade, Lorenzo?

Ele a encarou, magoado pela verdade do que ela dizia. Laura jamais se deixaria intimidar dessa forma. Era infinitamente mais corajosa que ele, corajosa o bastante para brandir suas cicatrizes medonhas feito bandeiras escarlates. Agora o desafiava a ser corajoso também, a dizer o que pensava, independentemente das consequências.

Com a expressão séria no rosto, ela deixou o violoncelo de lado.

— Você tem razão — disse. — Está ficando tarde. Nos vemos na semana que vem.

— Eu *gosto* de passar tempo com você, Laura. Na verdade, não existe lugar no mundo em que eu preferiria estar.

— É o Lorenzo de verdade que está falando isso? Ou o Lorenzo diplomata, tentando dizer o que é educado para não me ofender?

— É a verdade — respondeu ele, num murmúrio. — A semana toda fico esperando pela quarta-feira, para vir aqui. Mas não sei me expressar tão bem assim. Você é a garota mais corajosa que já conheci. — Ele baixou a cabeça, fitando os pés. — Sei que sou cauteloso demais e sempre fui. Tenho medo de fazer ou dizer a coisa errada. A única ocasião em que me sinto corajoso, corajoso mesmo, é quando estou tocando.

— Ótimo, então. Vamos tocar. — Ela pegou o violoncelo e o arco. — E talvez hoje você tenha coragem suficiente para ficar para o jantar.

— Mais vinho, vamos beber mais vinho! — exclamou o professor Balboni enquanto servia a bebida.

Aquela era a quarta ou quinta taça? Lorenzo havia perdido a conta, mas que importância tinha? A noite era um grande e animado borrão.

A música de Duke Ellington tocava no fonógrafo enquanto eles se deliciavam com o jantar de Alda: sopa de vegetais, seguida de *fegato* com batatas e, por fim, bolo, frutas e nozes. Lorenzo jamais apreciara tanto uma refeição, tornada ainda mais agradável pelas pessoas que lhe faziam companhia. Laura estava sentada à sua frente, os braços nus, e a visão das cicatrizes já não o assustava. Não, aquelas cicatrizes eram outro motivo para que a admirasse. Eram uma prova de sua bravura, de sua disposição em mostrar exatamente quem ela era, sem reservas.

O professor Balboni era igualmente direto, com suas declarações impetuosas e riso escandaloso. Queria saber a opinião do convidado sobre tudo. O que achava de jazz? Preferia Louis Armstrong ou

Duke Ellington? Acreditava que havia um papel para o violino na música moderna?

E então:

— Quais são seus planos para o futuro?

Para o futuro? Lorenzo mal conseguia pensar além do concurso dali a três semanas.

— Pretendo entrar na Ca' Foscari, como meu irmão Marco — respondeu.

— O que você vai estudar na faculdade?

— Marco me aconselhou a estudar ciência política. Disse que eu teria facilidade para encontrar emprego.

O professor Balboni bufou.

— Você se sentiria sufocado estudando algo tão enfadonho quanto ciência política. Música é sua área. Você já não dá aulas de violino?

— Dou, sim. Tenho sete alunos, todos entre 8 e 9 anos. Meu pai acha que deveríamos juntar os negócios. Eu ensino violino, ele faz os instrumentos dos alunos. Quer que eu assuma a loja um dia, mas acho que eu não seria um bom *luthier*.

— Porque você não é artesão, é músico. Algo que seu avô compreendeu quando você era muito pequeno. Talvez possa encontrar uma vaga numa orquestra daqui. Ou quem sabe deveria ir para fora do país, talvez para os Estados Unidos.

— Para os Estados Unidos? — Lorenzo riu. — Que loucura!

— Por que não sonhar alto? É possível.

— Eu teria de deixar minha família.

Ele voltou os olhos para Laura. *Teria de deixá-la.*

— Acho que você deveria considerar sair daqui, Lorenzo. O país está mudando, e rápido. — A voz do professor Balboni era quase um sussurro. — Estamos vivendo tempos complicados. Já conversei com Alberto sobre outras possibilidades, lugares em que sua família poderia se estabelecer.

— Meu avô nunca sairia da Itália, e meu pai não pode deixar a loja. Construiu uma reputação aqui e tem clientes fiéis.

— É, por ora a loja provavelmente está segura. Um *luthier* habilidoso não nasce da noite para o dia, por isso ele não pode ser facilmente substituído. Mas quem sabe o que o governo vai fazer agora? Que novos decretos o Ministério do Interior poderá emitir?

Lorenzo assentiu.

— É isso que Marco diz. Todo dia ele encontra algum motivo no noticiário para se enfurecer.

— Então seu irmão está atento.

— Meu pai acha que não temos com o que nos preocupar. Acha que esses decretos são manobras políticas, só para fazer alarde, e que o governo nunca vai se virar contra nós. Que precisamos confiar em Mussolini.

— Por quê?

— Porque ele sabe que somos cidadãos de bem. Já disse várias vezes que a questão judaica não existe aqui. — Confiante, Lorenzo tomou um gole de vinho. — A Itália não é a Alemanha.

— É o que seu pai acha?

— É, e meu avô também. Eles acham que Mussolini não vai deixar de nos apoiar.

— Ah, sim, talvez estejam certos. Espero que estejam. — O professor Balboni se recostou na cadeira, como se o esforço de manter aquela conversa animada o tivesse exaurido. — Você é otimista, Lorenzo, como seu avô. É por isso que Alberto e eu somos grandes amigos. Com ele, não existe tristeza, só alegria, mesmo quando o momento não é de glória.

Mas esta noite é sem dúvida um momento de glória, pensou Lorenzo. Como poderia não ser, com Laura sorrindo para ele, vinho correndo nas veias e um jazz maravilhoso tocando no fonógrafo? Nem mesmo a expressão de frieza de Alda lhe poderia mitigar o prazer de estar sentado àquela mesa.

Passava de uma da manhã quando ele foi embora. Ao caminhar pelas ruas desertas, de volta a Cannaregio, Lorenzo não se preocupava com os perigos que poderia encontrar pelo caminho, que um bando de ladrões o atacasse. Não, esta noite ele estava imune à má sorte, andando numa nuvem protetora de felicidade. Havia sido acolhido pela família Balboni, recebido como amigo, louvado como artista. A própria Laura o acompanhara até a porta, e ele ainda a via emoldurada pelo retângulo de luz, acenando. Ainda a ouvia gritar: "Até quarta, Lorenzo!"

Estava cantarolando a melodia de *La Dianora* quando chegou em casa e pendurou o casaco e o chapéu.

— Por que você está tão feliz? — perguntou Marco.

Lorenzo deu meia-volta e viu o irmão junto à porta da cozinha. Não ficou surpreso que ele ainda estivesse acordado: Marco só parecia ter disposição de verdade depois que escurecia, e então passava metade da noite discutindo política com os amigos ou debruçado sobre os últimos jornais e panfletos. O cabelo do irmão estava em pé, como se tivesse passado muitas vezes a mão por ele. Sua aparência era desleixada, com a barba por fazer, a camisa para fora da calça, manchada.

— Mamãe e Pia estavam preocupadas com você — comentou.

— Eles me convidaram para jantar depois do ensaio.

— Ah, é?

— Foi ótimo. A melhor noite da minha vida!

— Isso basta para fazer você feliz? Receber permissão de ficar lá para jantar?

— Não recebi permissão. Fui *convidado*. Existe uma diferença.

Quando Lorenzo fez menção de subir a escada, Marco segurou seu braço.

— Cuidado, irmãozinho. Você pode achar que eles estão do seu lado, mas como pode ter certeza?

Lorenzo se desvencilhou.

— Nem todo mundo está contra nós, Marco. Algumas pessoas *estão* do nosso lado.

Ele subiu a escada até o quarto, no sótão, e abriu a janela para deixar o ar fresco entrar. Nem mesmo Marco poderia estragar esta noite. Ele queria cantar, gritar para o mundo sobre as horas que passara com Laura e o pai dela. Tudo parecia muito mais radiante na casa dos Balboni, onde o vinho era farto, o fonógrafo tocava jazz e tudo parecia possível. *Por que não sonhar alto?*, o professor Balboni o desafiara.

Nesta noite, deitado na cama, Lorenzo fez exatamente isso. Ousou sonhar com os Estados Unidos, com Laura, com um futuro juntos. Sim, tudo parecia possível.

Até o dia seguinte, quando o professor Balboni bateu à porta da casa deles com uma notícia que mudou suas vidas.

7

Setembro de 1938

— Como a Ca' Foscari pode fazer isso comigo? — lamuriou-se Alberto. —Lecionei naquela universidade durante trinta e cinco anos! E agora me demitem sem nenhum motivo, do nada?

— Não foi do nada, vovô — disse Marco. — Esses meses todos, mostrei ao senhor os sinais. O senhor leu os editoriais do *Il Tevere*. Do *Quadrivio*.

— Esses jornais só vomitam bobagens racistas. Ninguém acreditava que haveria mudanças de verdade.

— O senhor leu o *Manifesto da Raça*. Era um claro sinal do que estava por vir.

— Mas daí à universidade me demitir, sem motivo?

— *Existe* motivo. O senhor é judeu, e isso é motivo suficiente para eles.

Alberto se virou para Balboni, que sacudia a cabeça. A família inteira se reunira em torno da mesa de jantar, mas não havia comida, não havia bebida. A mãe de Lorenzo estava tão aturdida com a notícia que se esquecera da obrigação de anfitriã e afundara numa cadeira, tão chocada que permanecia em silêncio.

O pai de Lorenzo disse:

— Deve ser uma medida temporária. Um gesto vazio para agradar Berlim. — Eterno admirador de Mussolini, Bruno se recusava a acreditar que *Il Duce* se voltaria contra eles. — E o professor Leone? A esposa dele não é judia, e isso vai afetá-la também. Ouça o que estou dizendo, daqui a algumas semanas, a situação vai se reverter. A universidade não pode funcionar sem os professores judeus.

Marco ergueu as mãos, em desalento.

— Papai, o senhor não leu o memorando? Essa ordem se aplica aos *alunos* também. Agora estamos proibidos de frequentar qualquer escola do país.

— Eles se dignaram a uma pequena clemência — observou o professor Balboni. — Abriram exceção aos alunos que estão no último ano, por isso você vai poder terminar os estudos, Marco. Mas e Lorenzo? — Ele sacudiu a cabeça. — Não vai poder se matricular na Ca' Foscari nem em nenhuma outra universidade italiana.

— Mesmo podendo terminar os estudos — disse Marco —, de que vale meu diploma? Ninguém vai me contratar.

Os olhos do rapaz se encheram de lágrimas, e ele desviou o rosto. Estudara com tanto empenho, sempre tão seguro de seu caminho na vida! Serviria à Itália como seus heróis, Volpi e Luzzatti. Sonhara ser diplomata e debatera que línguas deveria aprender, imaginando os países em que trabalharia. Aos 8 anos, fixara um mapa-múndi na parede do quarto, mapa que percorrera tantas vezes com os dedos que algumas partes do papel estavam gastas. Agora, essas esperanças morriam, porque a Itália o havia traído. A Itália havia traído todos eles.

Marco enxugou os olhos com raiva.

— E veja o que fizeram com o pobre do vovô! Ele passou metade da vida lecionando na Ca' Foscari. Agora não é ninguém.

— Ele ainda é professor, Marco — advertiu Balboni.

— Um professor sem renda. Ah, mas judeu não precisa comer. A gente vive de vento, não é?

— Marco — repreendeu-o a mãe. — Mais respeito. O professor Balboni não tem culpa.

— E o que ele e os colegas estão fazendo quanto a isso?

— Nós estamos horrorizados, claro — observou Balboni. — Escrevemos uma petição de protesto. Eu e muitos outros integrantes do corpo docente assinamos.

— Muitos outros? Não foram todos?

Balboni baixou a cabeça.

— Não — admitiu. — Algumas pessoas temem o que pode acontecer caso assinem. Outras... — Ele encolheu os ombros. — Bem, elas nunca foram simpatizantes mesmo. E agora há rumores de que teremos mais notícias ruins. Propostas de novas leis que atingiriam judeus de outros setores. Estou dizendo, é tudo consequência daquele maldito *Manifesto da Raça*. Ele desencadeou essa loucura. Deu a todo mundo autorização para culpar vocês pelos males do país.

Publicado no mês anterior, no *Il Giornale d'Italia*, o manifesto deixara Marco enfurecido. Ele havia chegado em casa agitando o jornal e gritando: "Agora estão dizendo que não somos italianos de verdade! Estão dizendo que somos uma raça estrangeira!" Desde então, não falava de outra coisa. Levava para casa panfletos e jornais sobre os quais passava a noite debruçado, alimentando o ódio. Toda refeição familiar se transformava num campo de batalha, porque o pai e o avô permaneciam fiéis ao fascismo, sem querer acreditar que Mussolini os trairia.

As brigas do jantar eram tão inflamadas que, uma noite, para surpresa de todos, a mãe batera a faca na mesa e declarara: "Chega! Se vocês querem se matar, por que não usam esta faca? Pelo menos vamos finalmente ter silêncio aqui!"

Agora, outra briga estava prestes a eclodir, e Lorenzo já via as veias inchadas no pescoço do irmão, as mãos crispadas da mãe sobre a mesa.

— Deve haver alguma maneira de recorrermos dessa decisão — disse Alberto. — Vou escrever uma carta ao jornal.

— Ah, claro — desdenhou Marco. — Uma carta vai mudar tudo!

Bruno deu um tapa na cabeça do filho.

— E qual é a *sua* sugestão? Você é tão brilhante, Marco, que evidentemente deve ter todas as respostas.

— Pelo menos não sou cego nem surdo, como todas as outras pessoas desta família!

Marco se levantou, empurrando a cadeira para trás com tanta força que ela tombou. Deixou-a caída no chão e saiu, irritado.

A irmã, Pia, se levantou e foi atrás dele.

— Marco! — chamou. — Por favor, não vá. Detesto quando vocês brigam assim!

Eles a ouviram saindo de casa, gritando no encalço do irmão. De todos, aos 9 anos, Pia era a verdadeira diplomata da família, sempre incomodada quando eles discutiam, sempre ávida para negociar a paz. Mesmo quando sua voz já se perdia no fim da rua, ela continuava insistindo que o irmão voltasse.

Dentro de casa fez-se um grande silêncio.

— O que fazemos agora? — perguntou Eloisa, por fim.

O professor Balboni sacudiu a cabeça.

— Não há nada que vocês possam fazer. Meus colegas e eu apresentaremos a petição à universidade. Algumas pessoas também estão escrevendo cartas ao jornal, mas temos pouca esperança de que sejam publicadas. Todo mundo está nervoso, todo mundo teme represália. Pode haver retaliação contra quem discordar do governo.

— Precisamos declarar nossa lealdade ao regime em alto e bom tom — considerou Alberto. — Lembrar as pessoas de tudo que fizemos pelo país. De todas as guerras em que servimos, defendendo a Itália.

— Não vai fazer diferença, amigo. A União Judaica já escreveu vários textos declarando lealdade ao regime. De que adiantou?

— Então o que mais podemos dizer? O que podemos fazer?

O professor Balboni refletiu sobre as palavras seguintes e pareceu se curvar com o peso da resposta.

— Vocês deveriam considerar sair do país.

— Sair da Itália? — Alberto se empertigou na cadeira, ultrajado. — Minha família mora aqui há quatrocentos anos. Sou tão italiano quanto você!

— Não estou discutindo com você, Alberto. Só estou dando um conselho.

— Que tipo de conselho é esse? Abandonar o país? Você dá tão pouco valor à nossa amizade que nos despacharia no próximo navio?

— Por favor, você não está entendendo...

— Entendendo o *quê*?

A voz do professor Balboni se reduziu a um sussurro.

— Há boatos — disse ele. — Coisas que ouvi de amigos estrangeiros.

— É, todos ouvimos os boatos. É exatamente isso o que são, espalhados por aqueles sionistas malucos para nos jogar contra o governo.

— Mas ouvi relatos de pessoas que são bastante sensatas — insistiu o professor Balboni. — Elas disseram que estão acontecendo algumas coisas na Polônia... Deportações em massa.

— Para onde? — perguntou Eloisa.

— Campos de trabalho. — Balboni a encarou. — Mulheres e crianças também. Pessoas de todas as idades, com ou sem saúde, estão sendo presas e deportadas. Suas casas e seus bens são confiscados. Uma parte do que ouvi é terrível demais para se acreditar, e não repetirei. Mas se está acontecendo na Polônia...

— Não vai acontecer aqui — afirmou Alberto.

— Você acredita demais no governo.

— Você realmente espera que a gente saia do país? Para onde iríamos?

— Portugal ou Espanha. Talvez Suíça.

— E como nos sustentaríamos na Suíça? — Alberto indicou o genro, que estava evidentemente tendo dificuldade de assimilar aquela reviravolta na vida deles. — Bruno tem clientes fiéis. Passou a vida toda construindo uma reputação.

— Não sairemos do país — declarou Bruno, de repente. Ele se endireitou na cadeira e voltou os olhos para a esposa. — Seu pai tem razão. Por que sairíamos? Não fizemos nada de errado.

— Mas esses boatos... — disse Eloisa. — Imagine Pia num campo de trabalho.

— Seria melhor vê-la passar fome na Suíça?

— Ah, meu Deus! Não sei o que devemos fazer.

Mas Bruno sabia. Aquela era sua família e, embora raramente se manifestasse, ele agora deixava claro que estava no comando.

— Não vou abandonar tudo pelo que sempre trabalhei. Minha loja é aqui, meus clientes moram aqui. E Lorenzo tem os alunos dele. Juntos, vamos dar um jeito.

Alberto pôs a mão no ombro do genro.

— Ótimo, então estamos de acordo. Ficaremos.

Balboni suspirou.

— Sei que abandonar o país foi uma sugestão drástica, mas eu precisava dizer o que penso. Se as mudanças passarem a ocorrer mais rápido, se as condições piorarem de repente, talvez não haja outra chance. Essa pode ser a melhor oportunidade que vocês têm. — Ele se levantou. — Sinto muito ter lhe trazido essa notícia, amigo. Mas quis prepará-lo, antes que você soubesse por outra pessoa. — Ele fitou Lorenzo. — Venha dar uma volta comigo, rapaz. Vamos discutir o progresso dos seus ensaios com Laura.

Lorenzo o acompanhou, mas o professor não disse nada quando eles se puseram a caminhar em direção ao canal. Parecia absorto em pensamentos, as mãos entrelaçadas às costas, a testa franzida.

— Também não quero sair da Itália — disse Lorenzo.

Balboni lhe lançou um olhar distraído, como se estivesse surpreso por ele ainda estar ao seu lado.

— Não, claro que não. Ninguém quer se ver obrigado a abandonar o próprio país. Eu não esperava que você quisesse.

— Mas nos aconselhou a ir embora.

O professor Balboni se deteve na rua estreita e o encarou.

— Você é um rapaz sensato, Lorenzo. Ao contrário do seu irmão, Marco, que temo que faça algo impulsivo e traga desgraça para todos. Seu avô sempre falou muito bem de você. E vi com meus próprios olhos que você promete tanto como músico quanto como homem. É por isso que lhe peço que preste atenção ao que está acontecendo à nossa volta. Apesar dos defeitos do seu irmão, pelo menos ele vê o padrão que vem se estabelecendo. E você também deveria.

— Padrão?

— Você já reparou que todos os jornais agora falam com uma única voz, e que essa voz se ergue contra os judeus? O movimento vem crescendo há anos. Um editorial aqui, um memorando oficial ali. Como se tudo fosse uma campanha cuidadosamente elaborada.

— Meu avô diz que são só pessoas ignorantes fazendo alarde.

— Cuidado com as pessoas ignorantes, Lorenzo. Elas são o inimigo mais perigoso porque estão por toda parte.

Eles não falaram sobre o assunto quando Lorenzo foi ensaiar naquela quarta-feira nem na quarta-feira seguinte. Ele jantou com os Balboni em ambas as ocasiões, mas a conversa se limitou à música: os últimos discos que tinham ouvido; o que Lorenzo achava de Shostakovich; se todos pretendiam assistir à nova comédia musical de Vittorio De Sica; a tristeza da notícia de que o notável *luthier* Oreste Candi morrera em Gênova. Era como se fizessem o possível para evitar mencionar as nuvens negras que se acumulavam sobre o país, limitando-se aos prazeres e às trivialidades da vida.

Mas o assunto ainda assim pairava na sala, tão ameaçador quanto o rosto sombrio de Alda, que entrava e saía do cômodo em silêncio, limpando a mesa entre um prato e outro. Lorenzo se perguntava por que os Balboni mantinham em casa uma mulher tão antipática. Descobrira que Alda estava com a família desde antes do nascimento de Laura e que servira à mãe dela, que havia morrido de leucemia dez anos antes. Talvez, depois de todo aquele tempo, os Balboni simplesmente tivessem se habituado àquela carranca, do mesmo jeito que se aprende a viver com um pé torto ou um joelho ruim.

Três dias antes do concurso, Lorenzo jantou com os Balboni pela última vez.

O último ensaio havia transcorrido maravilhosamente bem, tão bem que o professor se levantou para aplaudir.

— Nenhuma dupla chega nem perto de vocês! — declarou. — Parece que os instrumentos são duas almas cantando em uníssono. Por que não comemoramos a vitória? Vou abrir uma garrafa de vinho especial.

— Ainda não ganhamos o prêmio, papai — disse Laura.

— É só uma formalidade. Já deveriam estar escrevendo o nome de vocês no certificado. — Ele serviu o vinho e entregou taças à filha e a Lorenzo. — Se vocês tocarem tão bem quanto hoje, não têm como perder. — Ele piscou um olho. — Sei disso porque ouvi os outros participantes.

— Como, papai? Quando? — perguntou Laura.

— Hoje, na universidade. O professor Vettori vem preparando algumas duplas. Enquanto eles tocavam, eu *por acaso* estava junto à porta da sala de ensaio.

— Que levado!

— Você queria que eu tapasse os ouvidos? Eles estavam tocando tão alto que dava para ouvir cada nota errada. — Ele estendeu a taça. — Façamos um brinde!

— Ao prêmio! — assentiu Laura.

— A jurados competentes! — disse o pai dela.

Laura sorria radiante para Lorenzo. Ele nunca a vira tão bonita, a face ruborizada pelo vinho, o cabelo escorrendo feito ouro líquido à luz do candelabro.

— E ao que *você* brinda? — perguntou ela.

A você, Laura, pensou ele. *A todos os momentos sagrados que passamos juntos.*

Lorenzo ergueu a taça.

— Ao que nos uniu. À música.

Lorenzo se deteve à porta da casa dos Balboni e respirou o úmido ar noturno. Parado ali, no frio, ouviu a água batendo no canal e tentou gravar na memória aquela noite, aquele momento. Era sua última visita à casa, e ele ainda não estava preparado para o fim. O que mais o futuro lhe reservava? Agora que não podia se matricular na Ca' Foscari, só conseguia visualizar uma eternidade na loja do pai, lixando e esculpindo madeira, criando instrumentos para outros músicos. Envelheceria naquele lugar escuro e empoeirado, se transformaria numa versão amargurada do pai, Bruno, mas a vida de Laura continuaria. Para ela, haveria a universidade e todos os deleites de ser estudante. Haveria festas, concertos e filmes.

E haveria rapazes, sempre à volta dela, na esperança de chamar sua atenção. Bastava que vissem o sorriso de Laura, ouvissem a música de sua risada, para se encantarem. Ela se casaria com um desses rapazes, teria filhos, e se esqueceria das antigas tardes de quarta--feira, quando o violino dele e o violoncelo dela vibravam juntos com tamanha beleza.

— Isso vai acabar mal. E você sabe disso.

Sobressaltado com a voz, ele se virou tão bruscamente que raspou o estojo do violino na parede. Alda estava à espreita na penumbra da ruazinha ao lado da residência dos Balboni, o rosto que mal se podia ver sob a fraca iluminação do poste.

— Acabe com essa história — murmurou a governanta. — Diga a ela que você não pode participar do concurso.

— Você quer que eu desista? Que motivo eu daria?

— Qualquer um. Use a cabeça.

— Nós passamos meses ensaiando. Estamos prontos para a apresentação. Por que eu deveria desistir agora?

A resposta, dita em voz muito baixa, trazia o tom inequívoco de uma ameaça:

— Porque, se não desistir, terá que arcar com as consequências.

Ele soltou uma risada. Chegara a seu limite com aquela mulher ranzinza, sempre mal-humorada, sempre lançando sua sombra sobre as noites felizes que ele passava com Laura.

— Isso deveria me assustar?

— Se você tem juízo, se gosta dela, deveria.

— Por que você acha que estou fazendo isso? É por *ela*.

— Então afaste-se agora, antes de deixá-la numa situação perigosa. Laura é ingênua. Não faz ideia do que está acontecendo.

— E você faz?

— Conheço algumas pessoas. Elas me contam coisas.

Lorenzo a encarou, subitamente entendendo tudo.

— Você é um daqueles camisas negras, não é? Está querendo assustar o judeuzinho? Achando que vou fugir como um rato?

— Você não sabe de nada, rapaz.

— Ah, sei, sim. E você não vai me impedir de continuar.

Ao se afastar, ele sentia o olhar de Alda ardendo em sua nuca, como um atiçador de brasa. A raiva o fez sair às pressas de Dorsoduro. A advertência da mulher para manter distância de Laura teve o efeito justamente contrário: ele jamais abandonaria o concurso. Havia se dedicado à competição, a Laura. Era isso que Marco vinha falando durante todos aqueles meses: que os judeus não deveriam recuar nem um centímetro, que deveriam exigir seus direitos como leais cidadãos italianos. Por que ele não lhe dera ouvidos?

Deitado na cama, agitado demais para dormir, Lorenzo só pensava em vencer. Que melhor maneira de resistir às mudanças do que ganhar o concurso? Mostrar que, ao negar seu ingresso na Ca' Foscari, a universidade estava se privando do melhor que a Itália tinha a oferecer? Sim, era assim que se lutava, não com cartas inúteis aos jornais, como Alberto sugerira, não com as marchas e protestos que Marco ameaçava. Não, a melhor maneira era dando mais duro e se destacando mais que os outros. Quando alguém prova o seu valor, as pessoas respeitam.

Ele e Laura teriam de brilhar tanto naquele palco que ninguém duvidaria de que a dupla merecia o prêmio. *É assim que se luta. É assim que se ganha.*

8

O vestido de Laura era tão negro que, a princípio, a única coisa que ele avistou na rua escura foi um leve bruxuleio. Então ela surgiu da escuridão, reluzente sob o brilho de um poste. O cabelo loiro estava preso de lado, vertendo numa cascata dourada, e uma pequena capa de veludo lhe cobria os ombros. O pai dela, que trazia o estojo do violoncelo, estava igualmente elegante num terno preto com gravata-borboleta, mas Lorenzo só tinha olhos para Laura, resplandecente no vestido de seda.

— Você estava nos esperando? — perguntou ela.

— Tem uma multidão no auditório, e quase todos os assentos estão tomados. Meu avô me pediu para avisar que guardou lugar para o senhor. Na quarta fila, à esquerda.

— Obrigado, Lorenzo. — O professor Balboni o estudou de cima a baixo e abriu um sorriso de aprovação. — Vocês vão formar uma bela dupla no palco. Agora, entrem logo. O ar gelado não é bom para os instrumentos. — Ele entregou o violoncelo à filha. — Lembrem: não corram nos primeiros compassos. Não deixem o nervosismo ditar o ritmo.

— Pode deixar, papai, vamos nos lembrar — assentiu Laura. — Agora, vá se sentar.

Balboni deu um beijo na filha.

— Boa sorte a vocês — desejou, entrando no auditório.

Por um instante, Laura e Lorenzo permaneceram em silêncio, sob a luz do poste, se entreolhando.

— Você está linda hoje — elogiou ele.

— Só hoje?

— Não, eu quis dizer...

Rindo, ela tocou a boca dele com dois dedos.

— Psiu, eu entendi o que quis dizer. Você também está muito bonito hoje.

— Laura, mesmo que a gente não vença, mesmo que tudo dê errado no palco, não importa. As semanas que tivemos juntos, a música que tocamos, é *disso* que sempre vou me lembrar.

— Por que você está falando como se hoje fosse o fim de alguma coisa? É só o começo. E a gente começa ganhando.

Só o começo. Quando os dois entraram na coxia, ele se permitiu imaginar um futuro com Laura. Outras noites em que adentrariam casas de espetáculo com seus instrumentos. Laura e Lorenzo se apresentando em Roma! Paris! Londres! Imaginou-a no futuro, o cabelo ficando grisalho, o rosto amadurecendo com a idade, mas sempre, sempre bonito. Que futuro mais perfeito poderia haver do que reviver aquele momento várias vezes, entrando nas coxias com Laura?

O lamento de instrumentos sendo afinados conduziu-os à sala onde os outros competidores aguardavam. De repente, a afinação cessou e fez-se silêncio, todos voltando os olhos para eles.

Laura tirou a capa de veludo e abriu o estojo. Ignorando os olhares, o silêncio agourento, passou resina no arco e se sentou numa cadeira para afinar o violoncelo. Nem sequer ergueu a cabeça quando um homem de terno cruzou a sala apressado em sua direção.

— Srta. Balboni, podemos trocar uma palavrinha? — sussurrou o homem.

— Talvez depois, Sr. Alfieri — respondeu ela. — Agora, meu violoncelo e eu precisamos nos aquecer.

— Temos um... problema.

— Temos?

O homem claramente evitava olhar para Lorenzo.

— Será que podemos conversar em particular?

— Pode falar aqui mesmo.

— Não quero que isto se transforme numa cena desagradável. A senhorita deve ter ficado sabendo da recente mudança das normas. O concurso só está aberto a músicos da raça italiana. — Ele lançou um breve olhar para Lorenzo. — Sua inscrição foi desqualificada.

— Mas estamos no programa impresso. — Ela pegou o papel no estojo do violoncelo. — Isto saiu no mês passado. Nossos nomes constam aqui. Somos os segundos a nos apresentar.

— Alteramos a programação. E o caso está encerrado.

Ele deu meia-volta e se afastou.

— Não está, não — bradou Laura. Todos a observavam quando ela deixou o violoncelo de lado e se pôs a seguir o homem pela sala. — O senhor não me deu um bom motivo para não podermos competir.

— Já dei o motivo.

— Um motivo absurdo.

— Foi a decisão do comitê.

— Esse comitê de gente *submissa*? — Laura soltou uma risada estridente. — Nós vamos tocar um dueto, Sr. Alfieri. Temos todo o direito de nos apresentar. Agora, se o senhor nos dá licença, meu violinista e eu precisamos nos aquecer.

Ela voltou para onde estava Lorenzo. Não foi uma caminhada, mas uma marcha, o olhar compenetrado à frente, as costas eretas.

Os olhos claros como diamantes; a face enrubescida como se ela estivesse febril. Os outros músicos saíram de seu caminho para evitar uma colisão com tamanha força da natureza.

— Vamos afinar os instrumentos — disse ela.

— Laura, isso pode lhe causar problemas — advertiu Lorenzo.

— Você quer tocar ou não? — rebateu ela, num desafio lançado por uma menina que não sabia o que era medo.

Teria ela pensado nas consequências, ou estava tão determinada a vencer que os riscos não lhe importavam? Sendo algo perigoso ou não, ele ficaria ao seu lado. Os dois seriam destemidos juntos.

Ele abriu o estojo e pegou La Dianora. Quando ergueu o violino ao queixo e sentiu o toque da madeira na pele, o nervosismo amainou. La Dianora nunca o decepcionara: bastava tocá-la bem para que ela cantasse. Na sala imensa, a voz do instrumento ecoou tão suave que os outros músicos se viraram para ver.

O Sr. Alfieri chamou:

— Pirelli e Gayda! Vocês são os primeiros. Já podem ir para o palco.

Todos fizeram silêncio quando a primeira dupla pegou os instrumentos e subiu a escada.

Segurando La Dianora nos braços, Lorenzo sentia o calor da madeira, tão viva quanto um corpo humano. Olhou para Laura, mas ela estava concentrada no ruído dos aplausos. Então vieram os leves acordes do violoncelo, ressoando pelo palco de madeira. A menina ouvia atentamente a música, o olhar voltado para cima, a boca contraindo-se num sorriso à primeira nota errada. Estava tão ávida para ganhar quanto ele. A julgar pela apresentação irregular daquela primeira dupla, como ele e Laura poderiam *não* ganhar? Lorenzo batia no braço do violino, impaciente para subir ao palco.

Ouviram-se aplausos novamente quando a primeira dupla terminou a apresentação.

— Somos os próximos. Vamos — chamou Laura.

— Parem! — gritou o Sr. Alfieri quando os dois já se dirigiam à escada. — Vocês não podem subir! Não estão no programa!

— Ignore-o — disse Laura.

— Srta. Balboni, pare agora mesmo!

A primeira dupla acabava de chegar à coxia. Laura e Lorenzo passaram por eles e surgiram no clarão do palco. Lorenzo ficou ofuscado pela luz e não conseguiu enxergar a plateia. Só ouviu aplausos dispersos, que logo morreram, deixando-os em silêncio sob os holofotes. Ninguém anunciou seus nomes.

Laura se dirigiu ao assento do violoncelista, os sapatos de salto alto estalando no palco de madeira. Os pés da cadeira soltaram um rangido alto quando ela se sentou. Com desenvoltura, ajeitou a alça do vestido e acomodou o violoncelo no espigão. Brandindo o arco, virou-se para Lorenzo e sorriu.

Ele se esqueceu de que havia centenas de pessoas assistindo. Naquele instante, via apenas Laura, e ela via apenas Lorenzo.

Os dois mantinham o olhar fixo um no outro quando Lorenzo ergueu o arco. A harmonia deles era tanta que não precisavam dizer nenhuma palavra, não precisavam de contagem introdutória. Sabiam, com a intuição do músico, o momento exato em que os arcos atacariam simultaneamente as cordas. Aquele era o mundo deles, um mundo só deles, os holofotes seu sol, a língua falada em sol maior, as notas tão perfeitamente sincronizadas que parecia que seus corações batiam em uníssono. Quando os arcos alcançaram a última nota, os dois ainda se olhavam, mesmo quando o som se perdeu no silêncio.

Em algum lugar, uma única pessoa aplaudiu. Então outra, e mais uma, seguidas da voz inconfundível do professor Balboni gritando:

— Bravo! Bravo!

Sob os holofotes, eles se abraçaram, sorrindo, felizes com a apresentação impecável. Ainda estavam sorrindo quando desceram a escada, tão entretidos com o êxito que não notaram o silêncio da sala onde os outros competidores aguardavam.

— Srta. Balboni. — O Sr. Alfieri surgiu diante deles, o rosto uma máscara de fúria. — Você e seu colega devem sair imediatamente deste auditório.

— Por quê? — perguntou Laura.

— Ordem expressa do comitê.

— Mas ainda não anunciaram o prêmio.

— Vocês não são candidatos oficiais. Não podem ganhar.

Lorenzo disse:

— Você acabou de nos ouvir tocar. *Todo mundo* ouviu. Não podem fingir que não nos apresentamos.

— Oficialmente, vocês não se apresentaram. — Alfieri estendeu um papel para Lorenzo. — Aqui estão as novas normas, divulgadas ontem pelo comitê. Desde o decreto de setembro, sua gente não pode mais frequentar nem esta nem nenhuma outra universidade. Como o concurso é patrocinado pela Ca' Foscari, você não pode competir.

— *Eu* não sou judia — disse Laura.

— A senhorita também está desqualificada.

— Só porque meu par é judeu?

— Exatamente.

— Não há nenhum violinista neste concurso que se equipare a ele.

— Só estou seguindo as normas.

— Que o senhor não questiona.

— São *normas*. Vocês as infringiram, subindo ao palco. Sua conduta é imperdoável. Agora, saiam deste auditório.

— Não vamos sair — teimou Laura.

Alfieri se virou para dois homens que estavam atrás dele e ordenou:

— Ponham-nos para fora.

Laura se voltou para os outros competidores, que assistiam a tudo sem se manifestar.

— Nós somos músicos como vocês. Isto é justo? Vocês sabem que está errado!

Um dos homens segurou o braço dela e se pôs a puxá-la em direção à saída.

Enfurecido com a visão daquele sujeito grosseiro botando as mãos em Laura, Lorenzo o empurrou contra a parede.

— Não encoste nela!

— Seu animal! — gritou o Sr. Alfieri. — Vocês estão vendo, eles são animais!

Alguém enlaçou o pescoço de Lorenzo, e, enquanto o puxavam para trás, ele sentiu um soco desferido em sua barriga. Laura gritou para que os homens parassem, mas os dois continuaram esmurrando as costelas de Lorenzo, e ele ouviu o ruído terrível de ossos se partindo. Derrubando estantes de partitura, arrastaram-no para fora da sala.

Ele caiu de bruços na calçada gelada. Sentia o sangue escorrer da boca e ouvia o chiado dos pulmões ao tentar respirar.

— Ah, meu Deus! Meu Deus! — Laura se ajoelhou a seu lado, e Lorenzo sentiu o cabelo dela, sedoso, perfumado, cair em seu rosto quando ela lhe virou o corpo. — É *minha* culpa. Eu não deveria ter discutido com eles. Desculpe, Lorenzo, desculpe!

— Pare, Laura. — Tossindo, ele se sentou, sentindo o mundo girar. Viu o sangue pingar, preto como tinta, na camisa branca. — Nunca peça desculpas por fazer o que está certo.

— Eu os enfrentei, mas quem foi castigado foi *você*. Sou muito idiota. Para *mim*, é fácil criar caso, mas não sou judia.

A verdade do que ela disse o atingiu como um novo murro, este desferido no coração. Laura não era judia, e o abismo entre os dois jamais parecera maior. Com sangue escorrendo pelo rosto, quente feito lágrimas, ele desejou que Laura fosse embora. Que apenas fosse embora.

A porta da coxia se abriu, e ele ouviu a hesitante aproximação de passos. Era um dos músicos.

— Eu trouxe seus instrumentos — disse o rapaz, pousando o estojo do violoncelo e do violino no chão. — Queria ter certeza de que vocês os receberiam.

— Obrigada — respondeu Laura.

O rapaz se pôs a avançar para a porta da coxia e voltou a fitá-los.

— É errado o que estão fazendo. É injusto. Mas o que posso fazer? O que *qualquer um de nós* pode fazer?

Com um suspiro, ele se afastou.

— Covarde — murmurou Laura.

— Mas ele tem razão.

Lorenzo se pôs de pé e, por alguns instantes, ficou oscilando, tentando vencer a tontura. Quando a cabeça desanuviou, enxergou tudo com dolorosa clareza. Era assim que o mundo funcionava agora. Laura se recusava a admitir, mas ele agora via a terrível verdade.

Pegou o violino.

— Vou para casa.

— Você está ferido. — Ela segurou o braço dele. — Vou acompanhá-lo.

— Não, Laura. — Ele afastou a mão dela. — *Não.*

— Só quero ajudar.

— Você não pode brigar por mim. Só vai se machucar. — Lorenzo soltou uma risada amarga. — E provavelmente acabar *me* matando.

— Eu não sabia que isso aconteceria — defendeu-se ela, a voz embargada. — Realmente achei que venceríamos hoje.

— Nós *deveríamos* ter vencido. Ninguém é páreo para nós no palco, ninguém. Mas destruí qualquer chance que você tinha de ganhar. Tirei isso de você, Laura. Não vou deixar que se repita.

— Lorenzo — chamou ela quando ele já se afastava, mas o rapaz não parou.

Continuou andando, segurando com tanta força o estojo do violino que os dedos ficaram dormentes. Quando dobrou a esquina, ainda ouvia a voz dela ecoando na rua, o som de seu nome quebrado em estilhaços lamuriosos.

Não havia ninguém em casa quando ele chegou: ainda estavam todos no auditório. Lorenzo tirou a camisa suja e lavou o rosto. Enquanto a água avermelhada escoava pelo ralo, fitou no espelho o rosto inchado como uma bola púrpura. *É isso que acontece quando resistimos*, pensou, e Laura havia testemunhado todo aquele espetáculo de humilhação. Vira sua derrota, sua impotência. Ele baixou a cabeça, os punhos cerrados, e cuspiu sangue na pia.

— Então agora você está vendo que o mundo mudou — disse Marco.

Lorenzo viu o reflexo do irmão mais velho, que estava atrás dele.

— Me deixe em paz.

— Faz meses que estou dizendo, mas você não ouve. O papai, o vovô, ninguém ouve. Ninguém acredita em mim.

— Mesmo que acreditássemos, o que podemos fazer?

— Revidar.

Lorenzo se virou para Marco.

— Você acha que não tentei?

Marco bufou.

— Você estava vivendo uma fantasia, meu irmão. Durante todos esses meses, chamei sua atenção para isso, mas você se recusava a ver. Estava entretido nos seus sonhos românticos. Você e Laura Balboni? Realmente achava que isso poderia dar em alguma coisa?

— Cale a boca.

— Ah, ela é bonita, sim. Entendo a atração. Talvez ela também sinta algo por você. Talvez você tivesse esperança de receber aprovação das famílias para se casar.

— *Cale a boca.*

— Mas, caso você ainda não saiba, isso daqui a pouco vai ser ilegal. Já viu o último boletim do Grande Conselho? Estão redigindo uma nova lei que proíbe casamentos mistos. Todas essas mudanças acontecendo, e você não enxergava nada. Enquanto o mundo ruía à nossa volta, você sonhava com sua música e com Laura. Se realmente gosta dela, precisa esquecê-la. Senão, os dois vão acabar com o coração partido. — Marco botou a mão no ombro dele. — Seja sensato. Esqueça essa moça.

Lorenzo enxugou as lágrimas que de repente ardiam nos olhos. Queria afastar a mão de Marco, queria mandá-lo para o inferno, porque um conselho *sensato* não era o que desejava ouvir. Mas tudo que o irmão dizia era verdade. Laura estava fora de seu alcance. Tudo estava fora de seu alcance.

— Existe uma saída para nós — disse Marco, num murmúrio.

— Como assim?

Ele baixou ainda mais a voz.

— Abandonar a Itália. Há outras famílias fazendo isso. Você ouviu o que Balboni disse. Precisamos sair do país.

— O papai nunca iria embora.

— Então devemos ir sem ele. Sem eles. Nossa família está presa ao passado e não vai mudar nunca. Mas você e eu podemos ir juntos para a Espanha.

— E deixá-los aqui? Você faria isso? Se despediria da mamãe e de Pia e iria embora sem olhar para trás? — Lorenzo sacudiu a cabeça. — Como pode considerar uma coisa dessas?

— Talvez seja necessário. Se não tivermos alternativa, se eles se recusarem a ver o que está prestes a acontecer.

— Essa é uma alternativa que eu nunca... — Ele se deteve ao ouvir a porta se fechando.

A irmã o chamava:

— Lorenzo? Lorenzo? — Pia surgiu correndo no banheiro e o abraçou. — Contaram para a gente o que aconteceu! Como podem ser tão cruéis? Você está muito machucado? Vai ficar bem?

— Estou bem, Pia. Agora que você está aqui para cuidar de mim, vou ficar bem.

Ele a abraçou e encarou o irmão. *Olhe para ela, Marco. Você abandonaria a Itália sem Pia?*

Abandonaria sua irmã?

Julia

9

Salas de espera e mais salas de espera. Desde que minha filha cravou o caco de vidro em mim, nossa vida se resume a isto: Lily e eu sentadas em sofás de clínicas médicas esperando a secretária chamar o nome dela. Primeiro vamos ao pediatra, o Dr. Cherry, que parece um pouco constrangido por não ter detectado o que talvez seja um distúrbio cerebral grave. Depois passamos uma tarde com o Dr. Salazar, o neurologista pediátrico, que me faz as mesmas perguntas repetidamente. *Lily já teve convulsão febril? Já caiu e perdeu a consciência? Sofreu algum acidente ou bateu a cabeça?* Não, não e não. Embora esteja aliviada com o fato de ninguém achar que sou eu quem precisa de psiquiatra, agora me vejo diante de uma possibilidade ainda mais assustadora: de que haja algo muito errado com o cérebro da minha filha. Algo que a fez enlouquecer duas vezes. Aos 3 anos, ela já massacrou nosso gato e enfiou um caco de vidro na minha perna. Do que será capaz aos 18?

O Dr. Salazar pede uma bateria de novos exames, o que nos leva a mais uma série de salas de espera. Lily tira radiografias, que se mostram normais. Faz exames de sangue, que também estão normais. E por fim se submete a um eletroencefalograma.

O resultado é inconclusivo.

— Às vezes, quando as descargas elétricas anormais envolvem apenas áreas subcorticais, o eletroencefalograma não detecta a lesão — explica o Dr. Salazar numa consulta no fim de tarde de uma sexta-feira.

Foi um dia longo, e tenho dificuldade de me concentrar no que ele diz. Não me acho burra, mas, sério — que diabos esse homem acabou de dizer? Lily está na sala de espera com Val, e pela porta fechada ouço minha filha me chamar, o que me distrai ainda mais. Estou irritada por Rob não estar aqui ao meu lado, e minha cabeça ainda dói da pancada na mesinha de centro. E agora esse médico usa um idioma estranho para falar comigo.

Cospe palavras ininteligíveis. *Deficiência do desenvolvimento neurológico como substância cinzenta heterotópica. Técnicas de neuroimagem. Atividade elétrica cortical. Convulsões parciais complexas.*

A palavra "convulsões" me chama atenção.

— Espere — interrompo-o. — Você está dizendo que Lily talvez tenha epilepsia?

— Embora o eletroencefalograma pareça normal, ainda há a possibilidade de que os dois episódios sejam manifestações de algum tipo de distúrbio convulsivo.

— Mas ela nunca teve uma convulsão. Pelo menos não que eu tenha visto.

— Não estou falando da convulsão tônico-clônica clássica, em que a pessoa cai inconsciente e fica se debatendo. Não, o *comportamento* dela pode ser a manifestação da epilepsia. É o que chamamos de crise parcial complexa, a CPC. Com frequência, ela é erroneamente diagnosticada como um distúrbio psiquiátrico, porque o paciente parece estar acordado e pode até realizar ações complexas.

Fica repetindo uma frase, por exemplo. Ou anda em círculos, ou fica mexendo na roupa.

— Ou enfia um caco de vidro na perna de alguém.

Ele se detém.

— Sim, isso poderia ser considerado um comportamento repetitivo complexo.

De repente, sou assaltada por uma lembrança. Sangue escorrendo pela perna. Uma voz monótona, mecânica.

— Dodói mamãe — sussurro.

— O quê?

— Depois de enfiar o caco de vidro na minha perna, ela ficava dizendo duas palavras. "Dodói mamãe", sem parar.

O Dr. Salazar assente.

— Isso, sem dúvida, configura comportamento repetitivo. Como ficam alheios ao meio que os cerca, os pacientes podem se colocar em situações de risco. Andam pelo trânsito ou se atiram da janela. E, quando a convulsão passa, não guardam nenhuma lembrança do que aconteceu. É só um espaço de tempo que não sabem explicar.

— Então ela não tem controle? Não é sua *intenção* machucar ninguém?

— Isso mesmo. Mas estamos apenas *presumindo* que o que aconteceu foram convulsões.

Que estranho sentir alívio ao saber que minha filha pode ter epilepsia, mas é exatamente o que sinto agora, porque isso explica estas últimas semanas terríveis. Significa que não é culpa de Lily. Significa que ela é a mesma filhinha meiga que sempre amei e que não preciso temê-la.

— Existe tratamento? — pergunto. — Existe cura?

— Cura, não. Mas a convulsão pode ser controlada, e temos uma grande variedade de medicamentos anticonvulsivantes. Mas é melhor não nos precipitarmos. Ainda não sei se *essa* é a causa do comportamento dela. Tem mais um exame que quero pedir. Chama-se magnetoencefalografia. É uma técnica que registra as correntes elétricas no cérebro.

— Isso não é o que faz o eletroencefalograma?

— A magnetoencefalografia é mais sensível a lesões que o eletroencefalograma pode não detectar, lesões localizadas nas dobras do cérebro. Para realizar o exame, o paciente se senta numa cadeira e usa uma espécie de capacete. Mesmo que ele se mexa um pouco, ainda assim conseguimos registrar as correntes elétricas. Vamos apresentar alguns estímulos para ver se eles mudam a atividade cerebral de Lily.

— Que tipo de estímulos?

— No caso da sua filha, estímulos auditivos. A senhora disse que estava tocando violino nas duas vezes em que ela mostrou esse comportamento agressivo. Uma música com notas de alta frequência.

— Você acha que a música poderia ter causado a convulsão?

— Teoricamente, é possível. Sabemos que convulsões podem ser desencadeadas por estímulos visuais: luzes piscando, por exemplo. Talvez o cérebro de Lily seja sensível a notas de certa frequência ou em combinações específicas. Vamos botá-la para ouvir essa música enquanto monitoramos a atividade elétrica do cérebro. Para ver se provocamos o mesmo comportamento agressivo.

O que ele sugere me parece perfeitamente lógico, e é claro que deve ser feito. Mas significa que alguém precisa gravar *Incendio*, e me apavora a ideia de tocar aquelas notas. Agora, associo a valsa a sangue, a dor, e jamais quero ouvi-la de novo.

— Vou marcar a magnetoencefalografia para a quarta-feira que vem. Vamos precisar de uma gravação da música antes disso — esclarece o Dr. Salazar.

— Não existe nenhuma gravação. Pelo menos acho que não. É uma composição manuscrita que comprei num antiquário.

— Então por que a senhora não grava a si própria tocando? Pode me mandar o arquivo digital por e-mail.

— Não posso. Quer dizer... — Respiro fundo. — Não dominei a música. É muito difícil. Mas posso pedir à minha amiga Gerda para gravar. Ela é o primeiro violino do nosso quarteto.

— Ótimo. Peça a ela para me mandar o arquivo por e-mail até terça-feira. E traga Lily ao hospital na quarta-feira, às oito da manhã. — Ele sorri ao fechar a pasta da minha filha. — Sei que estes dias foram difíceis, Sra. Ansdell. Espero que o exame nos dê uma resposta.

10

Desta vez, Rob me acompanha ao hospital, o que por algum motivo me deixa irritada. Nas últimas semanas, fui eu que levei Lily para cima e para baixo, a todos os consultórios e laboratórios. Apenas agora, no grande evento, Rob finalmente decide dar o ar da graça. Depois que o técnico conduz nossa filha à sala de exame, Rob e eu nos sentamos num sofá pavoroso de estofado xadrez na sala de espera. Embora estejamos lado a lado, não nos damos a mão e nem sequer nos encostamos. Pego uma revista feminina na mesinha de centro, mas estou nervosa demais para ler, por isso apenas folheio as páginas lustrosas passando os olhos por bolsas de couro, sapatos de salto alto e modelos com a pele perfeita.

— Pelo menos é algo que podemos tratar — observa Rob. — Se um anticonvulsivante não funcionar, sempre podemos tentar outro.

— Ele pesquisou todos os remédios, evidentemente. Juntou páginas e mais páginas de texto impresso sobre medicamentos para epilepsia, sua dosagem e efeitos colaterais. Agora que o problema de Lily tem nome, meu marido está preparado para enfrentá-lo. — E, se nenhum remédio funcionar, existem procedimentos neurocirúrgicos — acrescenta, como se isso fosse uma notícia reconfortante.

— Nem fizeram o diagnóstico ainda — resmungo. — Não fale de cirurgia.

— Tudo bem. Desculpe. — Ele finalmente segura minha mão. — Você está bem?

— Não sou a paciente. Por que está me perguntando isso?

— O Dr. Cherry disse que, quando uma criança adoece, a família inteira se torna paciente. Sei que está sendo difícil para você.

— E para você, não?

— Você teve de segurar o rojão. Não está dormindo e mal come. Acha que ajudaria conversar com alguém? Michael recomendou uma psiquiatra que é especializada em...

— Espere aí. Você andou falando com o pessoal do trabalho sobre mim?

Rob dá de ombros.

— O assunto surgiu. Michael perguntou como você e Lily estavam.

— Espero que você não tenha contado todos os detalhes sórdidos. — Recolho a mão e massageio a cabeça, que começou a doer com esta conversa. — Então seus colegas de trabalho agora acham que preciso de psiquiatra?

— Julia. — Suspirando, ele me abraça. — Vai ficar tudo bem. Aconteça o que acontecer, seja qual for o resultado do exame, vamos superar isso juntos.

A porta se abre, e ambos erguemos os olhos quando o Dr. Salazar entra na sala de espera.

— Lily é uma ótima paciente — elogia ele, sorrindo. — O técnico a está mantendo ocupada com uns brinquedos, para podermos conversar sobre o resultado. — O Dr. Salazar se senta de frente para nós, e tento decifrar sua fisionomia, mas só vejo um sorriso afável.

Não faço ideia do que ele está prestes a dizer. — Durante o exame, apresentamos vários estímulos diferentes, tanto visuais quanto auditivos. Luzes piscantes, diferentes tons acústicos. Fortes e suaves, em alta e baixa frequência. Nada suscitou qualquer atividade convulsiva. O cérebro dela parece assimilar os estímulos e reagir normalmente.

— Você está dizendo que ela *não* tem epilepsia? — pergunta Rob.

— Exato. Com base no resultado, precisamos concluir que ela não tem nenhum distúrbio convulsivo.

É como se eu estivesse entrando em outro looping da montanha-russa.

Já havia aceitado que a epilepsia era a causa do comportamento de Lily. Agora me vejo sem explicação alguma, o que é ainda pior do que a doença, porque volto a temer a filha assassina de gatos, esfaqueadora de mães. O monstro que repete *dodói mamãe, dodói mamãe* enquanto enfia um caco de vidro na minha perna.

— Não vejo necessidade de realizar mais nenhum outro exame — afirma o Dr. Salazar. — Acho que Lily é uma criança perfeitamente normal.

— Mas e o comportamento dela? — pergunto.

Sim, aquele probleminha chato que nos trouxe aqui.

— Agora que desconsideramos as anormalidades neurológicas, talvez seja indicado consultar um psiquiatra infantil — sugere o Dr. Salazar. — Ela é muito novinha, mas esse comportamento pode ser significativo, mesmo aos 3 anos.

— E vocês tentaram *tudo* durante o exame? Ela ouviu a valsa? Sei que Gerda mandou a gravação.

— Ouviu, sim. Aliás, é uma música linda, muito forte. Botamos a gravação três vezes. Só vimos um aumento da atividade elétrica no lado direito do córtex pré-frontal e parietal.

— O que isso significa?

— Essas áreas do cérebro estão associadas à memória auditiva de longo prazo. Quando ouvimos algo pela primeira vez, aquilo fica conosco durante apenas alguns segundos. Mas, se ouvimos repetidamente, ou se é algo que tem significado pessoal, o som passa pelo hipocampo e pelo sistema límbico. Ganha um verniz emocional e fica armazenado no córtex cerebral. Como a música está armazenada na memória de longo prazo de Lily, ela com certeza já ouviu a valsa muitas vezes.

— Não ouviu, não. — Aturdida, divido o olhar entre Rob e o Dr. Salazar. — Só toquei para ela duas vezes.

— Mesmo no útero, o feto registra vozes e música. Ela provavelmente ouviu a senhora ensaiar durante a gravidez.

— Faz poucas semanas que comprei a partitura.

— Então ela deve ter ouvido em outro lugar. Na escola, talvez?

— É uma obra inédita. — Embora eu esteja cada vez mais nervosa, o Dr. Salazar e Rob permanecem enlouquecedoramente calmos. — Não sei de nenhuma gravação, em lugar nenhum. Como ela pode estar na memória de longo prazo da minha filha?

O Dr. Salazar segura minha mão.

— Isso não é motivo para nervosismo, Sra. Ansdell — garante ele, com aquela voz segura que diz "Tenho todas as respostas". — A senhora é musicista profissional, provavelmente assimila os sons de maneira diferente. Se ouvisse uma música nova agora, com certeza a pegaria de imediato. Talvez ainda se lembrasse dela daqui a um mês, porque seu cérebro é preparado para mandá-la direto à memória de longo prazo. Parece que Lily herdou esse dom. Além do mais, há o fato de seu marido ter inclinações matemáticas. — O Dr. Salazar volta os olhos para Rob. — Acreditamos que a matemática e a música estejam intimamente ligadas no cérebro. A criança que aprende cedo a ler música e tocar um instrumento, com frequência tem talento para matemática. Então seus genes provavelmente também contribuíram.

— Faz sentido — assente Rob.

— Li uma biografia de Mozart que dizia que ele só precisava ouvir uma música uma vez para escrevê-la. Isso, sim, é talento musical de verdade, e sua filha claramente tem essa inclinação. Assim como a senhora.

Só que Lily *não* é como eu. Embora eu saiba cantarolar os primeiros compassos da melodia, não memorizei *Incendio*. Mas, no cérebro de minha filha de 3 anos, a valsa já se gravou como uma lembrança permanente. Como uma lembrança antiga.

Temos uma pequena Mozart em casa é a mensagem que Rob tirou de nossa conversa com o Dr. Salazar, e ele sorri durante o trajeto de volta para casa. Em vez de uma filha com epilepsia, temos um gênio musical de cabelinho dourado. Ele já se esqueceu do motivo de termos precisado realizar o exame e de toda a minha peregrinação por clínicas e laboratórios. Não tem no corpo as marcas que ainda me afligem e me impedem de esquecer: a dor de cabeça que não para desde minha queda sobre a mesinha de centro; o corte na coxa que ainda lateja embora os pontos tenham sido removidos. Meu marido está entretido com a ideia da genialidade da filha, deixando para trás a pergunta que ficou sem resposta: Por que ela me atacou?

Quando chegamos em casa, Lily está dormindo e mal se mexe quando Rob a tira do carrinho para levá-la ao quarto. Também estou cansada e, depois que Rob volta ao trabalho, deito-me para tirar um cochilo. Mas, quando fecho os olhos, só vejo o rosto de Lily, que tanto se parece com o meu.

E com o da minha mãe. A mãe da qual não me lembro. A mãe sobre a qual ninguém quer conversar.

Segundo tia Val, minha mãe era uma musicista talentosa que cantava e tocava piano. Meu pai não era músico. Cantava desafinado, não sabia o que era uma nota, não tinha ritmo. Se talento musical é algo que herdamos, o meu veio da minha mãe, e, através de mim, os genes foram transmitidos a Lily. O que mais terei passado à minha filha?

Quando acordo do cochilo, vejo que o sol já se escondeu atrás das árvores, e o quarto está escuro. Quanto tempo dormi? Sei que Rob chegou em casa, porque ouço o armário da cozinha se fechando lá embaixo. Ele deve ter visto que eu ainda estava dormindo e decidiu começar a preparar o jantar.

Sonolenta, desço da cama e grito do corredor:

— Rob, tem costeleta de porco descongelando na geladeira. Você viu?

Ouço uma tampa de panela bater.

Bocejando, dirijo-me à escada, dizendo:

— Já acordei. Pode deixar que faço isso. Não precisa...

De repente, meu pé escorrega para a frente. Tento me segurar no corrimão, mas parece que um precipício se abriu abaixo de mim, e eu caio.

Quando abro os olhos, estou deitada na base da escada. Consigo mexer os braços e as pernas, mas, quando tento me virar, uma dor aguda me sobe pelo lado direito do corpo. Chorando, volto a me deitar e sinto algo se afastar do meu pé, deslizando no chão de madeira. É um objeto pequeno, cor-de-rosa, que bate na parede, a alguns metros de distância.

Um carrinho de plástico. Um brinquedo.

— Rob! — grito. Ele certamente me ouviu cair da escada. Por que não responde? Por que não sai da cozinha? — Rob, me ajude!

Mas não é Rob que sai da cozinha.

Lily pega o carrinho e o examina com o olhar indiferente de um cientista avaliando um experimento que não deu certo.

— Foi você — murmuro. — Você fez isso de propósito.

Ela me encara.

— É hora de levantar, mamãe — diz, voltando à cozinha.

11

— Foi de propósito. Ela deixou o carrinho no segundo degrau, onde sabia que eu pisaria. Depois fez barulho na cozinha, para me acordar e me atrair lá para baixo. *Queria* que isso acontecesse.

Meu marido se esforça para conservar a fisionomia neutra. Está sentado em nossa cama, onde estou deitada, grogue de Vicodin. Não quebrei nenhum osso, mas sinto dor nas costas e mal consigo me mexer sem provocar espasmos musculares. Ele mantém o olhar fixo no edredom, como se não conseguisse me encarar. Sei que o que estou dizendo parece absurdo, afirmar que uma criança de 3 anos teria planejado minha morte, mas os analgésicos afrouxaram todas as minhas conexões cerebrais, e um enxame de possibilidades flutua a meu redor, como moscas venenosas.

Lily está na sala com tia Val, e eu a ouço chamar:

— Mamãe! Mamãe, vem brincar com a gente!

Minha filhinha querida. Estremeço ao som de sua voz.

Rob solta um suspiro.

— Vou marcar uma consulta para você, Julia. Essa médica é muito recomendada. Acho que vai ajudar você.

— Não quero ir a psiquiatra nenhuma.

— Você *precisa*.

— Minha filha está tentando me *matar*. Não sou eu quem precisa de terapia.

— Ela não está tentando matar você. Lily só tem 3 anos.

— Você não estava aqui, Rob. Não a viu analisando o carrinho, como se tentasse entender por que não deu certo. Por que não me matou.

— Você não está ouvindo Lily te chamar agora? É sua filha, que quer sua companhia. Que ama você.

— Tem alguma coisa errada. Ela mudou. Não é mais a mesma.

Rob segura minha mão.

— Julia, lembra o dia em que ela nasceu? Lembra que você chorou de alegria? Como ficava dizendo que Lily era perfeita, como não queria que a enfermeira a levasse, porque não queria ficar longe dela.

Inclino a cabeça para esconder as lágrimas que me escorrem pelo rosto. Sim, eu me lembro de chorar de alegria. Eu me lembro de pensar que seria capaz de me jogar do alto de um penhasco pelo bem da minha filha.

Ele acaricia meu cabelo.

— Ela é a mesma, Julia, e você a ama. Sei que ama.

— Ela está diferente. Virou outra pessoa. Outra *coisa*.

— São os analgésicos que estão fazendo você dizer isso. Por que não dorme um pouco? Quando acordar, não vai nem entender por que disse todas essas bobagens.

— Ela não é mais a mesma. Está diferente desde que...

Ergo a cabeça quando a lembrança se forma em meio à névoa do Vicodin. Uma tarde quente, abafada. Lily sentada no quintal. O arco deslizando nas cordas do violino.

Foi quando tudo mudou. Foi quando o pesadelo teve início, quando toquei *Incendio* pela primeira vez.

Minha amiga Gerda mora no fim de uma rua tranquila de Milton, nos confins de Boston. Estaciono o carro em frente à casa, avisto seu chapéu de palha em meio à floresta de delfínios, e, quando ela me vê, imediatamente se levanta. Aos 65 anos, com o cabelo grisalho, Gerda ainda é ágil como uma adolescente. *Talvez eu também devesse fazer ioga*, penso ao vê-la avançar em minha direção, tirando as luvas de jardinagem. Tenho metade de sua idade, mas, hoje, minha coluna travada me faz parecer uma velha.

— Desculpe o atraso — digo. — Precisei passar no correio, e a fila estava imensa.

— Ah, você chegou, e é isso que importa! Entre, fiz limonada.

Entramos na cozinha repleta de coisas, onde há ramos de ervas pendurados na viga do telhado. Sobre a geladeira, há um antigo ninho que ela encontrou abandonado em algum lugar, e no peitoril da janela fica uma empoeirada coleção de conchas e pedras. Rob diria que a casa precisa de uma faxina para ontem, mas eu acho inusitadamente reconfortantes esses toques excêntricos, caóticos.

Gerda pega a jarra de limonada na geladeira.

— Você trouxe a carta do dono da loja?

Pego o envelope na bolsa.

— Postaram há dez dias, em Roma. A neta dele escreveu.

Enquanto tomo a limonada, Gerda põe os óculos e lê a carta em voz alta.

Prezada Sra. Ansdell,

Escrevo em nome do meu avô, Stefano Padrone, que não fala inglês. Mostrei a ele as fotocópias que a senhora mandou, e ele se lembra, sim, de lhe vender o livro de músicas ciganas. Disse que o comprou há muitos anos, entre outros objetos, no leilão dos bens de um homem chamado Giovanni Capobianco, que morava na cidade de Casperia. Ele não tem nenhuma informação sobre *Incendio*, mas vai perguntar à família Capobianco se eles conhecem o compositor ou se sabem de onde vem a música.

Atenciosamente, Anna Maria Padrone

— Não recebi mais nenhuma notícia desde que a carta chegou — confidencio a Gerda. — Liguei para a loja três vezes e deixei recado. Ninguém atende o telefone.

— Ele pode estar de férias. Pode não ter tido chance de conversar com a família. — Ela se levanta. — Vamos olhar de novo essa valsa.

Dirigimo-nos à sala de ensaio entulhada, onde o piano de quarto de cauda só deixa espaço para uma estante de livros, duas cadeiras e uma mesinha. Há partituras empilhadas no chão, como as estalagmites de uma caverna. Na estante de partitura está a cópia de *Incendio* que escaneei e mandei a Gerda por e-mail três semanas atrás, quando ela gravou a música para o exame neurológico de Lily. São apenas duas folhas cheias de notas, mas sinto seu poder. É como se, a qualquer momento, ela pudesse emitir um brilho vermelho ou levitar.

— A valsa é linda, mas é bastante difícil — avalia Gerda, sentando-se de frente para a partitura. — Precisei de algumas horas de estudo para acertar os arpejos e essas notas agudas.

— Eu não consegui — admito, como se confirmasse todas as piadas de mau gosto sobre segundos violinos. *Pergunta: Quantos segundos violinos são necessários para trocar uma lâmpada? Resposta: Eles não conseguem ir tão alto.*

Gerda pega o instrumento no estojo.

— O truque neste trecho aqui é fazer a mudança para a quinta posição um compasso antes.

Ela faz uma demonstração, e as notas correm na corda mi em velocidade vertiginosa.

— Não precisa tocar agora — interrompo-a.

— Facilita muito a parte seguinte. Escute.

— Por favor, *pare*! — Até eu me assusto com a estridência da minha voz. Respiro fundo e, num murmúrio, peço: — Só me diga o que você descobriu sobre a valsa.

Franzindo a testa, Gerda deixa o violino de lado.

— Qual é o problema?

— Perdão. Essa música me dá dor de cabeça. Podemos só conversar sobre ela?

— Tudo bem. Mas, primeiro, posso dar uma olhada no original?

Abro a bolsa e pego o livro de músicas ciganas, que abro na página onde deixei a folha de *Incendio*. Sinto relutância até em encostar na folha, por isso simplesmente entrego o livro a Gerda.

Ela pega a valsa e examina a página amarelada, tanto a frente quanto o verso.

— Escrito a lápis. Papel de partitura padrão, já envelhecido. Não vejo nenhuma filigrana, e não há nada que identifique a origem além do título e do nome do compositor, L. Todesco. — Gerda olha para mim. — Pesquisei o nome na internet, mas não encontrei nenhuma obra publicada do compositor. — Volta a estudar a folha com atenção. — Que interessante! No verso há umas notas meio apagadas, sobre as quais têm outras. Parece que esses quatro compassos foram revisados.

— Então ele não estava apenas copiando a música de outro lugar.

— Não, são mudanças grandes demais para ser mero erro de transcrição. Esta deve ser a folha na qual ele compôs a obra. E depois fez essas mudanças. — Ela me fita por cima dos óculos. — Esta pode ser a única partitura existente da música. Já que ela nunca foi gravada.

— Como você sabe que não existe nenhuma gravação?

— Porque mandei uma cópia para Paul Frohlich, do conservatório. Ele pesquisou a música nos programas de reconhecimento, comparando-a a todas as obras de que temos notícia. Não há nenhuma correspondência. Parece que a valsa nunca foi gravada, e ele não encontrou nenhuma obra publicada por L. Todesco. Portanto, não temos informação alguma sobre a origem da valsa.

— E o livro de músicas ciganas? Encontrei *Incendio* dentro dele, talvez fossem da mesma pessoa. Talvez o livro pertencesse a L. Todesco.

Ela abre o frágil volume de canções. A capa está envolta em fita adesiva, que parece ser a única coisa que o sustenta. Com cuidado, lê a página de créditos.

— É uma editora italiana. Impresso em 1921.

— Tem uma coisa escrita na contracapa.

Gerda vira o livro e vê as palavras esmaecidas, escritas à mão com tinta azul: *Calle del Forno, 11, Venezia.*

— É um endereço em Veneza.

— Será a casa do compositor?

— É sem dúvida um ponto de partida para nossa busca. Seria bom fazermos uma lista de todas as pessoas que moraram nesse endereço desde 1921. — Ela volta a atenção para as duas páginas de música que estão na estante de partitura. — *Incendio*. Fico me perguntando a que tipo de fogo o título se refere.

Ela pega o violino e, antes que eu possa impedir, começa a tocar. Quando as primeiras notas brotam do instrumento, sinto um pânico cada vez maior. Meus braços começam a formigar, uma corrente elétrica que cresce a cada nota, até meus nervos parecerem gritar. Estou prestes a arrancar o arco de sua mão quando ela para de súbito, fitando as páginas.

— Amor — murmura.

— O quê?

— Você não notou? A paixão, a angústia da música. Nesses dezesseis primeiros compassos, onde se introduz a melodia, tem tanta ânsia e tristeza! Depois, no décimo sétimo, fica mais agitado. O tom aumenta e as notas se aceleram. Quase posso imaginar duas pessoas apaixonadas em desespero crescente. — Gerda me encara. — *Incendio*. Acho que é o fogo do amor.

— Ou do inferno — sugiro, em voz baixa, esfregando as têmporas. — Por favor, pare de tocar. Não consigo mais ouvir.

Gerda deixa o violino de lado.

— Não é só a música, é? O que está acontecendo, Julia?

— Na verdade, é a música, *sim*.

— Você anda muito distraída. Faltou a dois ensaios do quarteto seguidos. — Ela se detém. — É algum problema entre você e Rob?

Não sei o que responder, por isso, durante alguns instantes, não digo nada. A casa de Gerda é muito silenciosa. Ela mora sozinha, sem marido, sem filhos. Não deve satisfação a ninguém além de si mesma, ao passo que eu sou obrigada a dividir a casa com um homem que questiona minha sanidade e uma filha que me assusta.

— É Lily — admito, por fim. — Ela está com uns problemas.

— Que tipo de problemas?

— Lembra quando cortei a perna e precisei levar pontos?

— Você disse que foi um acidente.

— Não foi acidente. — Olho nos olhos dela. — Foi Lily.

— Como assim?

— Ela pegou um caco de vidro na lixeira. E enfiou na minha coxa.

Gerda me encara.

—*Lily* fez isso?

Enxugo as lágrimas.

— E no dia que caí, também não foi acidente. Ela deixou um brinquedo na escada, onde sabia que eu pisaria. Ninguém acredita em mim, mas foi de propósito. — Respiro fundo algumas vezes e por fim me recomponho. Quando volto a falar, minha voz sai arrastada. Vencida. — Não sei mais quem ela é. Lily virou outra pessoa. Olho para minha filha e vejo uma desconhecida, alguém que quer me fazer mal. E tudo começou quando toquei a valsa.

Qualquer outra pessoa me diria que estou louca, mas Gerda não fala nada. Apenas ouve, seu silêncio um bálsamo tranquilizador.

— Ela fez alguns exames, inclusive um tipo de eletroencefalograma, para os médicos analisarem as ondas cerebrais. Quando tocaram a valsa, seu cérebro reagiu como se o som fosse uma lembrança de longo prazo. Como se ela já *conhecesse* a música. Mas você disse que a valsa nunca foi gravada.

— Uma lembrança antiga — murmura Gerda, fitando *Incendio* como se visse algo na música que antes lhe escapava. — Julia, sei que isto vai parecer estranho — diz, num sussurro. — Mas, quando eu era criança, tinha lembranças que não sabia explicar. Meus pais deduziram que fosse tudo fruto de uma imaginação fértil, mas eu me lembrava de uma cabana de pedra com chão de terra batida. Uma plantação de trigo, dançando ao vento. E tinha uma lembrança muito clara de ver meus próprios pés descalços, faltando um dedo. Nada daquilo fazia sentido, até minha avó me dizer que eram lembranças de quem eu já havia sido. Numa vida passada. — Ela me encara. — Você acha isso loucura?

Faço que não com a cabeça.

— Já não acho nada loucura.

— Minha avó dizia que a maioria das pessoas não se lembra das vidas passadas. Ou se recusa a aceitar as lembranças como qualquer coisa senão fantasias. Mas a criança novinha ainda tem a mente aberta. Ainda tem acesso a lembranças anteriores, mesmo que não tenha vocabulário para falar sobre elas. Talvez seja por isso que Lily reaja à valsa. Porque a ouviu antes, em outra vida.

Fico imaginando o que Rob diria se ouvisse esta conversa. Ele já desconfia de que estou desequilibrada. Se eu começar a falar em vidas passadas, não vai ter dúvida.

— Eu gostaria de poder oferecer a você algum tipo de solução para o problema — lamenta Gerda.

— Acho que não existe solução.

— Mas agora fiquei *realmente* curiosa em relação à música. Se o dono da loja de Roma não puder nos ajudar, talvez nós mesmas possamos localizar o compositor. Tenho uma apresentação naquele festival de Trieste, que fica perto de Veneza. Posso fazer uma visita ao endereço da Calle del Forno. Descobrir se L. Todesco morava lá.

— Você faria isso por mim?

— Não seria só por você. Essa valsa é linda, e acho que nunca foi publicada. E se nosso quarteto fosse o primeiro conjunto a gravá-la? Precisamos saber se os direitos estão disponíveis. Então tenho meus motivos para localizar L. Todesco.

— Ele provavelmente já está morto.

— Provavelmente. — Gerda lança um olhar ávido para a partitura. — Mas e se não estiver?

Quando chego em casa depois da visita a Gerda, vejo o Ford Taurus de Val estacionado na rua e o Lexus de Rob já na garagem. Não sei por que ele está em casa tão cedo nem por que os dois vêm me receber à porta. Só sei que ninguém está sorrindo.

— Onde você estava? — pergunta Rob.

— Fui à casa da Gerda. Eu falei para você que a visitaria.

— Você sabe que horas são?

— Fiquei de chegar em casa cedo? Não me lembro de combinar nada.

— Nossa, Julia! Qual é seu *problema*?

Minha tia intervém:

— Rob, ela deve ter ficado ocupada e perdeu a noção do tempo. Não precisa ficar chateado.

— Não preciso? Eu estava quase chamando a polícia!

Sacudo a cabeça, desconcertada com essa conversa.

— Por que você chamaria a polícia? O que foi que eu fiz?

— Nós dois estamos te telefonando há horas. Como você não apareceu na creche, ligaram para o meu trabalho. Val precisou sair correndo para buscar Lily.

— Mas passei o dia todo com o celular. Ninguém ligou para mim.

— Ligamos, *sim*, Julia — responde Val. — Caía direto na caixa postal.

— Então ele deve estar com algum problema. — Pego o celular na bolsa e observo a tela em desalento: ali estão todas as chamadas perdidas. Da creche, de Rob, de Val. — Devo ter botado no silencioso sem querer. Ou deu algum problema na configuração.

— Julia, você ainda está tomando o Vicodin? — pergunta Val, num sussurro.

— Não, não, parei tem uns dias — resmungo enquanto mexo no menu do telefone, tentando descobrir o que houve.

Meus dedos se atrapalham, e aperto todos os ícones errados. Já tive pesadelos assim, em que fico desesperadamente tentando telefonar para pedir ajuda, mas não consigo acertar os números. Só que agora não é pesadelo. Está acontecendo de verdade.

— Pare — exige Rob. — Julia, pare.

— Não, preciso consertar isso *agora*.

Continuo investigando o menu do telefone mesmo quando Lily surge do corredor, mesmo quando abraça minha perna como uma asfixiante trepadeira.

— Mamãe! Estou com saudade, mamãe!

Olho em seus olhos e de repente vejo algo venenoso, algo que se agita feito uma serpente na superfície daquelas águas plácidas e volta a desaparecer. Afasto-me com tanto ímpeto que ela solta um gemido e ergue os braços em súplica, a filha abandonada pela mãe.

Val segura de pronto sua mão.

— Lily, por que não vai passar uns dias comigo? Você poderia me ajudar a colher tomates. A mamãe e o papai não se importariam, não é?

Rob assente, cansado.

— Acho que é uma ótima ideia. Obrigado, Val.

— Lily, vamos subir para fazer sua mala? Você me diz o que quer levar para minha casa.

— O Burrico. Quero o Burrico.

— Claro, vamos levar o Burrico. E outros brinquedos? O que você acha de comermos espaguete hoje?

Quando Val sobe com Lily, Rob e eu permanecemos no vestíbulo. Tenho medo de olhar para ele, medo de ver em seu rosto o que meu marido pensa de mim.

— Julia — suspira ele. — Vamos nos sentar.

Rob segura minha mão e me conduz à sala.

— Tem alguma coisa errada com esta droga de celular — insisto.

— Vou dar uma olhada mais tarde, está bem? Vou consertar. — Esse sempre foi o papel de Rob na família. Ele resolve as coisas. Abre o capô, testa fios e encontra a solução de todos os problemas. Agora, me acomoda no sofá e se senta na poltrona, de frente para mim. — Olhe, eu sei que você está estressada. Está perdendo peso. Não está dormindo bem.

— Ainda estou com dor nas costas, por isso não consigo dormir. Você queria que eu parasse com o Vicodin, e parei.

— Meu amor, Val e eu achamos que você precisa conversar com alguém. Por favor, não encare isso como terapia. Vai ser só uma conversa entre você e a Dra. Rose.

— Dra. Rose? É a psiquiatra de que você falou?

— Ela é muito recomendada. Pesquisei suas qualificações, sua formação, seu índice de aprovação.

Claro que pesquisou.

— Acho que ela pode ajudar muito você. Pode ajudar toda a nossa família, nos levar de volta ao que éramos antes de isso tudo acontecer.

— Rob? — chama Val, do alto da escada. — Onde tem uma mala para eu botar as coisas de Lily?

— Vou pegar — responde Rob. Ele alisa minha mão. — Já volto, está bem? — diz, subindo a escada para procurar a mala.

Ouço-o andando pelo nosso quarto, depois o ruído das rodinhas da mala deslizando pelo piso de madeira. Volto os olhos para a janela da sala. Só agora vejo que o sol já está baixo no horizonte, baixo demais para as três horas da tarde. Não é de admirar que minhas costas estejam doendo de novo: a última dose de Tylenol foi muitas horas atrás.

Vou ao banheiro, abro o armário de remédios e pego três comprimidos. Quando a porta do armário se fecha, fico assustada com meu reflexo no espelho. Vejo o cabelo em desalinho, os olhos inchados, a palidez. Jogo água gelada no rosto e passo as mãos no cabelo, mas continuo péssima. O esforço de lidar com Lily me deixou acabada. Este é o lado sombrio da maternidade, sobre o qual ninguém nos adverte, o lado que não é feito só de beijos e abraços. Ninguém nos diz que a criança que carregamos no ventre, a criança que só nos daria amor, pode roer nossa alma como um parasita. Olho minha imagem no espelho e penso: *Daqui a pouco não vai sobrar nada de mim.*

Quando saio do banheiro, Rob e Val já estão no vestíbulo. Só uma parede nos separa. Os dois conversam em voz tão baixa que mal os ouço, por isso me aproximo um pouco mais.

— Camilla tinha a mesma idade que Julia tem agora. Isso deve significar alguma coisa.

— Julia não é como ela — afirma Val.

— Mas e a genética? O histórico familiar de doença mental?

— Acredite em mim, *não* é a mesma situação. Camilla era uma psicopata. Era egocêntrica, inteligente e manipuladora. Mas *não* era louca.

Estão falando da minha mãe. Minha finada mãe, a assassina de bebês. Fico desesperada para ouvir tudo, mas meu coração bate tão forte que ameaça abafar a voz deles.

— Todos os psiquiatras que a examinaram chegaram à mesma conclusão — insiste Rob. — Disseram que ela teve um surto psicótico, que perdeu contato com a realidade. Essas coisas são genéticas.

— Ela enganou a todos. Não era psicótica. Era *má.*

— Mamãe, quero colo! Quero colo!

Viro-me, dando de cara com Lily. Minha filha me entregou. Fita-me com o olhar inocente quando Val e Rob surgem à minha frente.

— Ah, você está aí! — exclama Val, tentando parecer casual, sem acertar o tom. — Lily e eu já estamos de saída. Não se preocupe com nada.

Quando Lily me dá um abraço de despedida, sinto que Rob me observa em busca de sinais de que eu poderia ser um perigo para minha filha. Sei que essa é sua preocupação porque ele mencionou o nome da minha mãe, um nome que nunca menciona na minha presença. Até este instante, nem sequer me havia ocorrido que tenho a mesma idade da minha mãe quando ela cometeu o pecado mais imperdoável que uma mulher pode cometer. Eu me pergunto se algum resquício do seu comportamento está brotando em mim agora.

Seria isso o que ela sentia nos dias que antecederam o assassinato do meu irmão? Teria ela fitado o filho e visto um monstro olhando para ela?

Lorenzo

12

Dezembro de 1943

Dos fundos da loja do pai, Lorenzo ouviu o sininho da porta tinir e gritou:

— Só um instante, por favor. Já estou indo.

Ninguém respondeu.

Ele havia acabado de passar cola e agora prendia as laterais à frente do violino. Era um processo delicado, demorado, e era preciso ter cuidado ao firmar o ajuste e acertar os ângulos. Quando Lorenzo finalmente saiu dos fundos da loja, viu a cliente agachada diante do mostruário de arcos de violoncelo e viola. Do outro lado do balcão só dava para ver o topo de seu chapéu.

— Pois não?

Ela se ergueu e sorriu.

— Lorenzo — disse.

Fazia cinco anos que os dois não se falavam. Embora ele a tivesse visto algumas vezes na rua, era sempre a distância, e jamais se aproximava. Agora, Lorenzo e Laura Balboni estavam frente a frente, apenas o balcão os separando, e ele não conseguia pensar em nada para dizer. O cabelo loiro dela agora estava curto, no estilo preferido das alunas da Ca' Foscari. O rosto perdera a forma arredondada da adolescência, e as maçãs estavam mais salientes, o maxilar mais definido. O olhar era direto como sempre, tão direto que ele se sentiu paralisado, sem conseguir proferir uma única palavra.

— Precisa trocar a crina — anunciou ela.

Ele baixou os olhos e viu o arco que ela deixara sobre o balcão. A extremidade do talão estava esfarrapada, com alguns fios soltos.

— Claro, pode deixar. Para quando você precisa?

— Não tem pressa. Tenho outro arco que posso usar enquanto isso.

— Pode ser para a semana que vem?

— Seria ótimo.

— Então você pode vir pegar na quarta-feira.

— Obrigada. — Laura se deteve, procurando algo mais para dizer. Com um suspiro de resignação, dirigiu-se à porta. Mas parou e se virou para ele. — É só isso que temos para falar um ao outro? *Pode vir pegar na quarta-feira. Obrigada?*

— Você está linda, Laura — murmurou ele.

E estava mesmo; parecia ainda mais bonita do que ele se lembrava, como se a passagem de cinco anos tivesse polido o cabelo e o rosto dela, transformando-a naquela versão reluzente da menina de 17 anos que ele outrora havia conhecido. Na escuridão da loja, Laura parecia irradiar uma luz própria.

— Por que você não foi nos visitar? — perguntou ela.

Ele correu os olhos pela loja e deu de ombros, como se pedisse desculpas.

— Meu pai precisa da minha ajuda aqui. E continuo dando aulas de violino. Agora tenho dez alunos.

— Eu te mandei meia dúzia de convites, Lorenzo. Você nunca apareceu. Não foi nem à minha festa de aniversário.

— Eu escrevi, explicando.

— É, todos os seus bilhetes foram *tão* educados. Você podia ter ido me explicar cara a cara. Ou passado lá em casa para dar um "oi".

— Você foi estudar na Ca' Foscari. Tem novos amigos agora.

— E por isso não posso manter os antigos?

Lorenzo fitou o arco, a ponta do talão arrepiada com as crinas partidas. Lembrou-se do vigor com que ela atacava as cordas do violoncelo. Com Laura, não havia investidas contidas. Uma violoncelista como ela rompia cordas e desgastava a crina do arco rapidinho. A paixão tinha seu preço.

— Aquela noite, no concurso — disse ele, em voz baixa —, tudo mudou para nós.

— Não mudou, não.

— Para você, não. — Furioso com a alienação de Laura, ele a encarou. — Para mim, para minha família, *tudo* mudou. Não para você. Você pode estudar na Ca' Foscari. Tem novos amigos, um corte de cabelo bonito. Sua vida continuou, feliz, perfeita. Mas a minha? — Ele correu os olhos pela loja e soltou uma risada amargurada. — Estou preso aqui. Você acha que trabalho nesta loja porque *quero*?

— Lorenzo — murmurou ela. — Sinto muito.

— Venha pegar o arco na quarta-feira. Vai estar pronto.

— Eu não sou cega. Sei o que está acontecendo.

— Então também deve saber por que mantive distância de você.

— Para se esconder? Para baixar a cabeça e não se meter em encrenca? — Laura se debruçou sobre o balcão, confrontando-o. — *Agora* é a hora de ter coragem. Quero ficar ao seu lado. Aconteça o que acontecer, quero...

Ela se deteve quando o sininho da porta tiniu.

Era uma cliente, uma mulher de lábios finos que apenas acenou para os dois e se pôs a andar pela loja, olhando as violas e os violinos pendurados na parede. Lorenzo nunca vira a mulher, e sua presença o deixou incomodado. A loja do pai só sobrevivia graças a uma pequena mas devota clientela. Quase nunca apareciam novos clientes, que preferiam a loja do outro lado da rua, onde as palavras *Negozio Ariano* se destacavam na vitrine. *Loja Ariana.*

Laura também se sentiu incomodada. Evitando o olhar da mulher, imediatamente virou o rosto e começou a mexer na bolsa.

— Posso ajudá-la, senhora? — perguntou Lorenzo à nova cliente.

— Você é o dono da loja?

— O dono é meu pai. Eu sou seu assistente.

— E onde está seu pai?

— Foi em casa, almoçar, mas já deve estar voltando. Posso ajudá-la com alguma coisa?

— Não, obrigada. — A mulher voltou os olhos para os instrumentos e franziu a boca num esgar de aversão. — Só não entendo por que alguém prestigiaria esta loja.

— A senhora deveria perguntar a um músico — interveio Laura. — Já que imagino que não seja musicista.

A mulher se virou para ela.

— Como é?

— Os melhores violinos de Veneza são produzidos nesta loja.

A mulher estreitou os olhos.

— A senhorita é a filha do professor Balboni, não é? Vi sua apresentação no mês passado, no La Fenice. Seu quarteto foi maravilhoso.

— Vou dizer a eles — respondeu Laura, com frieza. Ela fitou Lorenzo. — Volto para pegar o arco na quarta-feira.

— Srta. Balboni? — chamou a mulher quando Laura já abria a porta para sair. — A senhorita realmente deveria dar uma olhada na loja do Sr. Landra, do outro lado da rua. Ele faz instrumentos excelentes.

Não era uma mera sugestão. Havia o sombrio tom de advertência naquela voz.

Laura a encarou, resposta na ponta da língua, mas não disse nada. Bateu a porta com tanta força que o sininho repicou.

A mulher saiu em seu encalço.

Lorenzo não ouviu o que foi dito entre elas, mas, pela vitrine, viu a mulher parar Laura na rua. Observou a garota balançar a cabeça negativamente e se afastar. E pensou: *Como senti saudade de você! Depois de cinco longos anos, finalmente conversamos de novo, e tudo termina de maneira tão horrível.*

Ele pegou o arco de Laura no balcão.

Só então notou o papel dobrado que ela havia deixado sob o talão. Não estava ali antes. Decerto o colocara no arco enquanto ele e a mulher conversavam. Lorenzo abriu o papel e leu o que estava escrito.

Minha casa, hoje à noite. Não conte a ninguém.

Obediente, Lorenzo não contou a ninguém. Não mencionou nada quando o pai voltou do almoço, nem à noite, quando a família se reuniu para jantar pão e sopa de peixe, refeição preparada com os restos que Marco levara para casa do trabalho no mercado, onde arrastava caixas de um lado para outro. Era um serviço árduo que ele tivera a sorte de conseguir, graças à negligência do peixeiro em relação às leis que proibiam a contratação de judeus. Em toda a Itália, milhares de empregadores como o peixeiro continuavam tocando seus negócios como sempre, desprezando as novas leis, dispostos a dar um punhado de liras a rapazes como Marco por um dia de trabalho puxado. Cinco anos antes, como o futuro parecera diferente para o irmão, que sonhava com a carreira de diplomata! Agora, ele se sentava curvado, exausto, à mesa do jantar, cheirando a suor e peixe. Até o impetuoso Marco fora vencido.

Os anos também haviam abatido o pai. A clientela de Bruno se reduzira a uns poucos indivíduos por semana, nenhum deles à procura de novos violinos. As pessoas só compravam acessórios, como resina e cordas, o que não justificava a manutenção da loja em funcionamento, mas, seis dias por semana, Bruno se punha à mesa de trabalho, obstinadamente esculpindo, lixando e envernizando mais um belo instrumento que não venderia. E o que aconteceria quando a minguante reserva de bordo e abeto acabasse? Continuaria ele na loja mês após mês, ano após ano, até secar e virar pó?

Os anos mudaram todos nós, pensou Lorenzo. A mãe estava envelhecida, cansada, e não era para menos. Desde o derrame de seu pai, Alberto, quatro meses antes, Eloisa passava todos os dias no hospital, alimentando-o, esfregando suas costas, lendo livros e jornais para ele. A poltrona de Alberto se mantinha vazia, à espera de seu retorno, mas isso parecia cada vez mais improvável com o passar das semanas. Com certeza não haveria mais duetos de avô e neto ao violino, não haveria mais melodias compartilhadas nem brincadeiras musicais. Alberto não conseguia segurar nem o garfo, que dirá o arco do violino.

De todos, Pia era a única que não fora derrotada pelo tempo. Ela estava se tornando uma menina belíssima, esguia, de olhos castanhos, que um dia atrairia a atenção de muitos rapazes, mas, aos 14 anos, era tímida demais para alardear essa beleza. Com o ingresso proibido nas escolas, passava a maior parte da semana ajudando a mãe com o avô, lendo sozinha no quarto ou sonhando acordada na janela, sem dúvida com o futuro marido. Isso não havia mudado; Pia ainda era romântica, apaixonada pelo amor. *Quem dera ela pudesse continuar assim*, pensava Lorenzo, *protegida da realidade do mundo. Quem dera todos pudéssemos permanecer como estamos agora, juntos, aquecidos, em segurança.*

— Você está muito calado. Está tudo bem, Lorenzo? — perguntou Pia.

Evidentemente, seria ela que notaria que havia algo diferente: bastava um olhar para saber que o irmão estava cansado, chateado ou febril.

Ele sorriu.

— Está tudo bem.

— Tem certeza?

— Ele acabou de dizer que sim — resmungou Marco. — Não precisou passar o dia todo arrastando caixas de peixe.

— Lorenzo também trabalha. Tem alunos que pagam pelas aulas.

— Cada vez menos.

— Marco — repreendeu-o Eloisa. — Cada um faz a sua parte.

— Menos eu — suspirou Pia. — O que eu faço além de remendar umas camisas?

Lorenzo acariciou o rosto dela.

— Você nos faz feliz.

— De que adianta isso?

— Adianta muito, Pia.

Porque você nos dá esperança, pensou ele, observando a irmã subir a escada para se deitar. Marco havia se retirado da mesa pedindo licença com pouco mais que um grunhido, mas Pia cantarolava a caminho do quarto uma antiga música cigana que Alberto lhes havia ensinado quando eram crianças. A irmã ainda acreditava que todas as pessoas eram boas.

Quem dera isso fosse verdade!

Passava da meia-noite quando Lorenzo saiu de casa. O frio de dezembro expulsara da rua a maioria das pessoas, e pairava no ar uma névoa estranha, uma névoa que cheirava a peixe e esgoto. Era raro ele sair a esta hora da noite, por medo de esbarrar nos camisas negras, que volta e meia estavam na rua. Duas semanas antes, depois de um encontro desses, Marco havia chegado em casa coberto de sangue, o nariz quebrado e a camisa em frangalhos.

Poderia ter sido bem pior.

Lorenzo se atinha às sombras, cruzando rapidamente as ruas menores, evitando as praças iluminadas. Na ponte de Dorsoduro, titubeou, porque a travessia do canal o deixaria à vista, sem lugar para se esconder. Mas a noite estava fria demais até para os camisas negras, e ele não viu ninguém. De cabeça baixa, o rosto enterrado no cachecol, atravessou a ponte.

Nos últimos cinco anos, a imponente casa da Fondamenta Bragadin clamara por ele como o canto de uma sereia, instigando-o com a possibilidade de ver Laura. Repetidas vezes, ele se pegou parado naquela mesma ponte, atraído pela rua que já trilhara com tanta felicidade. Em certa ocasião, nem sequer soube como chegara até lá: os pés simplesmente o levaram. Ele era como o cavalo que conhece o caminho de casa e sempre se vira em sua direção.

Diante da residência, se deteve, erguendo os olhos para as janelas que sempre estiveram iluminadas em visitas anteriores. Agora, a casa parecia menos acolhedora, as cortinas fechadas, os cômodos na penumbra. Bateu a aldrava de bronze e sentiu a madeira tremer como se estivesse viva.

Imediatamente ela surgiu, sua silhueta iluminada por alguma luz nos fundos da casa, logo segurando a mão dele.

— Rápido — sussurrou, puxando-o para dentro.

Tão logo Lorenzo entrou, Laura trancou a porta. Mesmo na penumbra da sala, ele via o rubor do rosto dela, a exaltação dos olhos.

— Ainda bem que você chegou! Papai e eu estávamos desesperados.

— Por que tudo isso?

— Nós achávamos que ainda havia tempo para preparar as coisas. Mas, depois que aquela mulher apareceu na sua loja hoje, me dei conta de que não há tempo nenhum.

Ele a acompanhou até a sala de jantar, onde já desfrutara tantos momentos felizes com os Balboni. Lembrou-se das risadas, das muitas taças de vinho e das conversas sobre música, sempre a música. Agora o que via era a mesa vazia, sem nem mesmo uma travessa de frutas. Havia apenas um pequeno abajur aceso, e a janela que dava para o jardim estava fechada.

O professor Balboni estava sentado na cadeira de sempre, à cabeceira da mesa, mas aquele não era o senhor alegre e garboso de que ele se lembrava. Era uma versão mais sombria e cansada, tão diferente que Lorenzo quase não conseguiu acreditar que se tratava do mesmo homem.

Balboni abriu um simulacro de sorriso ao se levantar para saudar o convidado.

— Traga vinho, Laura! — pediu. — Vamos fazer um brinde ao nosso violinista.

Laura dispôs três taças e uma garrafa sobre a mesa, mas, mesmo enquanto Balboni servia a bebida, o clima na sala não tinha nada de festivo. Não. Havia tristeza em seu rosto, como se aquela preciosa garrafa pudesse ser a última que eles dividiriam.

— *Salute!* — exclamou Balboni. Ele bebeu o vinho sem prazer, deixou sobre a mesa a taça vazia e encarou Lorenzo. — Você não foi seguido até aqui?

— Não.

— Tem certeza?

— Não vi ninguém. — Lorenzo dividia o olhar entre Laura e o pai dela. — Vai acontecer em Veneza, não é? O mesmo que aconteceu em Roma.

— Vai ser mais rápido do que imaginei. O armistício mudou tudo e agora estamos numa Itália ocupada. A SS está consolidando seu poder. E vão fazer aqui o que fizeram com os judeus em Roma no mês passado. O professor Jona previu que isso aconteceria. Foi por isso que queimou os documentos da comunidade, para a SS não ter o nome de vocês. Ele se sacrificou para dar a todos tempo de fugir, mas sua família continua aqui. Seu pai se recusa a ver a catástrofe que está por vir, arriscando a vida de todos vocês.

— Não é só meu pai que nos mantém aqui — disse Lorenzo. — Meu avô não consegue nem mais andar depois do derrame. Como deixaria o hospital? Minha mãe jamais sairia daqui sem ele.

O rosto de Balboni se transformou numa máscara de sofrimento.

— Seu avô é um dos meus melhores amigos. Você sabe disso. Parte meu coração dizer isto, mas não há esperança para ele. Alberto está acabado, e não há nada que vocês possam fazer para ajudar.

— E o senhor diz que é *amigo* dele?

— Digo isso *principalmente* por ser seu amigo. Porque sei que ele desejaria a segurança de vocês, e já não é seguro em Veneza. Você deve ter notado a quantidade de alunos que pararam de ir à aula de violino. A quantidade de vizinhos que abandonaram suas casas. Que desapareceram sem aviso, sem dizer a ninguém aonde foram. Eles ficaram sabendo o que aconteceu em Roma. Mil pessoas deportadas. A mesma coisa está acontecendo em Trieste e Gênova.

— Estamos em *Veneza*. Meu pai diz que não vai acontecer aqui.

— Neste instante, a SS está reunindo os nomes e endereços de todos os judeus da cidade. Eles tiveram um pequeno contratempo quando o professor Jona queimou os documentos, mas chegou a hora. Aquela mulher que apareceu na sua loja hoje é, sem dúvida, parte disso. Estava lá para avaliar o que vai ser confiscado. Segundo o manifesto de novembro, todas as propriedades dos judeus podem ser tomadas. Sua casa, a loja do seu pai, nada mais pertence a vocês, e eles vão confiscar tudo a qualquer momento.

— É o que o Marco sempre diz.

— Seu irmão entende. Sabe o que está para acontecer.

— E como o *senhor* sabe o que vai acontecer? Como pode ter tanta certeza?

— Porque eu lhe contei — respondeu alguém atrás de Lorenzo.

Ele se virou e viu a governanta dos Balboni, Alda, a gárgula carrancuda que sempre parecia estar à espreita. Cinco anos antes, ela aconselhara Lorenzo a não participar do concurso, fazendo alusão às consequências.

Ele encarou Balboni.

— O senhor acredita *nela*? Ela é camisa negra!

— Não é, não, Lorenzo.

— Ela sabia o que aconteceria no concurso.

— E tentei avisar, mas você se recusou a ouvir — afirmou Alda. — Teve sorte de ter escapado só com uma surra naquela noite.

— Alda não é camisa negra, mas tem seus contatos — explicou Balboni. — Sabe o que a SS está planejando. Nós avisamos todos os judeus que pudemos, mas nem todo mundo escuta. Seu pai é um deles.

— Que idiota — murmurou a governanta.

Balboni sacudiu a cabeça.

— Alda!

— Ele não acredita porque não quer acreditar.

— E quem pode culpá-lo? Quem conseguiria acreditar que a SS desmembraria famílias em Intra? Que massacraria crianças no Lago Maggiore? Todo mundo acha que são só histórias para afugentar os judeus do país.

— É o que meu pai acredita — assentiu Lorenzo.

— Por isso é impossível salvar Bruno. Mas podemos salvar você e, talvez, seus irmãos também.

— Não temos tempo a perder — disse Laura, com urgência na voz. — Até amanhã à noite, vocês precisam sair de casa. Peguem só o que puderem carregar.

— Para onde iríamos? Nós nos esconderíamos aqui?

— Não, esta casa não é segura — respondeu o professor Balboni. — Todos conhecem minhas opiniões, e temo que vasculhem a propriedade. Mas tem um monastério nos arredores de Pádua onde vocês podem passar uns dias. Os monges vão escondê-los até encontrarmos alguém que os leve à fronteira suíça. — Ele pôs a mão no ombro de Lorenzo. — Tenha fé, meu filho. Em todo canto da Itália, você vai encontrar pessoas solidárias. O difícil é saber em quem confiar. E em quem não confiar.

Tudo estava acontecendo rápido demais. Lorenzo sabia que Marco concordaria em fugir, mas como convencer a irmã? E a mãe jamais abandonaria Alberto no hospital. Ele temia os choros e as brigas que estavam por vir, o sofrimento e a culpa. Aturdido com o que teria de fazer, respirou fundo e se escorou na mesa.

— Então preciso abandoná-los à SS. Minha mãe e meu pai.

— Você não tem escolha.

Lorenzo se virou para Laura.

— Você abandonaria seu pai? Sabendo que talvez jamais o visse novamente?

Os olhos dela se encheram de lágrimas.

— É uma escolha terrível, Lorenzo. Mas você precisa se salvar.

— Você o abandonaria, Laura?

Ela passou a mão nos olhos e virou o rosto.

— Não sei.

— Eu gostaria que ela fizesse essa escolha — interveio o professor Balboni. — Aliás, *insistiria* nisso. As últimas semanas foram estranhamente tranquilas. É por isso que seu pai acha que todos vocês podem sobreviver apenas mantendo a cabeça baixa, sem fazer alarde. Mas o tempo *está* passando e as prisões vão começar em breve. Estou lhe contando isto porque devo a meu amigo Alberto e porque você tem um talento musical que precisa ser dividido com o mundo. Mas ninguém vai ouvi-lo tocar se você não sobreviver a esta guerra.

— Escute o que meu pai está dizendo — pediu Laura. — Por favor.

Alguém bateu à porta, deixando todos alertas. Laura dirigiu ao pai um olhar de desespero.

— Leve-o para cima. Agora — sussurrou Balboni. — Alda, tire essas taças daqui. Não queremos deixar nenhum vestígio de que tivemos visita.

Laura segurou a mão de Lorenzo e o conduziu ao andar superior. Enquanto subiam a escada, eles ouviram mais batidas à porta. Ouviram Balboni gritar:

— Que alvoroço é esse, a casa está pegando fogo? Já estou indo, já estou indo!

Laura e Lorenzo entraram no quarto e colaram o ouvido à porta, tentando escutar o que se dizia lá embaixo.

— Assunto de polícia a esta hora da noite? — ecoou a voz do professor Balboni. — O que houve?

— Desculpe pela hora, professor Balboni. Mas eu queria adverti-lo sobre certos acontecimentos.

Era a voz de um homem, baixa mas urgente.

— Não faço ideia do que você está falando — disse Balboni.

— Entendo que o senhor não confie em mim. Mas hoje é muito importante que faça isso.

As vozes ficaram mais abafadas quando os dois se dirigiram à sala de jantar.

— O que vai acontecer com vocês se a polícia me encontrar aqui? — murmurou Lorenzo.

— Não se preocupe — respondeu Laura. — Meu pai vai dar um jeito. Sempre dá. — Ela encostou os dedos na boca dele. — Fique aqui. Não faça barulho.

— Aonde você vai?

— Ajudar a distrair a visita. — Ela abriu um sorriso tenso. — Meu pai diz que tenho talento para isso. Vamos descobrir se tenho mesmo.

Pela porta fechada do quarto Lorenzo ouviu os passos dela descendo a escada, seguindo até a sala de jantar.

— Que vergonha, papai! O senhor não ofereceu nenhuma bebida ao convidado? — ecoou a voz desenvolta. — *Signore*, meu nome é Laura, sou filha do professor Balboni. Aceita uma taça de vinho? Ou talvez prefira café com bolo? Alda, traga uma bandeja para nós. Não quero que nossa visita ache que não sabemos receber as pessoas.

Embora não ouvisse os comentários do homem, Lorenzo ouviu a risada de Laura, o tinido de porcelana e os passos de Alda, indo e voltando da cozinha. Com sua chegada, Laura havia conseguido transformar a intrusão de um desconhecido numa noite de bolo e conversas. Nem mesmo um policial resistiria a seu charme. Agora o visitante também ria, e Lorenzo ouviu o estalo de uma garrafa de vinho sendo aberta.

Cansado de ficar curvado diante da porta, endireitou o corpo e massageou o pescoço. Pela primeira vez, correu os olhos à volta e se deu conta de que estava no quarto de Laura. O cômodo tinha o cheiro dela, um aroma leve, floral, de lavanda e raios de sol. Havia uma alegre desordem no cômodo, os livros empilhados ao acaso na mesinha de cabeceira, um suéter pendurado na cadeira, a penteadeira entulhada de cremes, pós e escovas. Ele tocou uma escova, as cerdas cheias de fios loiros. Imaginou passá-la no cabelo dela, como se penteasse ouro.

A estante estava abarrotada: uma coleção de porquinhos de porcelana dispostos em grupo como se conversassem; um pote de resina para violoncelo; uma tigela com bolas de tênis; e muitos livros. Como Laura gostava de ler! Havia volumes de poesia, uma biografia de Mozart, uma coletânea de peças de Ibsen. E uma prateleira inteira de histórias de amor, algo que Lorenzo não esperava. Sua impetuosa e prática Laura lia histórias de amor? Havia tantas coisas que ele não sabia sobre ela, coisas que jamais saberia, porque, na noite do dia seguinte, fugiria de Veneza.

A ideia de nunca mais vê-la o fez levar a mão ao coração, a dor tão física quanto um golpe no peito. Estar ali em seu quarto, sentindo seu cheiro, só piorava tudo.

Lá de baixo, irrompeu a voz dela:

— Boa noite, *signore*! Por favor, não deixe meu pai acordado muito tempo!

Então ela subiu a escada, cantarolando, como se não tivesse nenhuma preocupação no mundo.

Entrou no quarto, fechou a porta e se recostou nela, o rosto tomado de tensão. Ante o olhar inquisitivo de Lorenzo, sacudiu a cabeça.

— Ele não vai embora — sussurrou.

— O que seu pai vai fazer?

— Embebedá-lo. Deixá-lo falar.

— Por que ele está aqui?

— Não sei. É isso que me assusta. Ele parece saber muito sobre nós. Alega querer ajudar, se meu pai cooperar. — Laura apagou a luz e, com o quarto agora escuro, ousou abrir a cortina. Espiando pela janela, disse: — Não estou vendo ninguém na rua, mas talvez estejam nos vigiando. — Virou-se para ele. — Você não pode sair agora. É perigoso.

— Preciso ir para casa. Preciso avisar minha família.

— Não há nada que você possa fazer por eles, Lorenzo. Hoje não. — Laura se deteve ao som da risada que veio da sala de jantar. — Meu pai vai dar um jeito. Vai, sim. — Ela pareceu arrancar coragem dessa certeza. — Ele encanta todo mundo.

Você também. No escuro, Lorenzo só via a silhueta dela, emoldurada pela janela. Havia tantas coisas que queria lhe dizer, tantos segredos que queria confessar, mas o pânico engolia suas palavras.

— Você precisa ficar aqui. Seria tão terrível assim? — perguntou Laura, com um sorriso. — Passar a noite comigo?

Ela se virou para ele e, quando os olhares se cruzaram, deteve-se. Lorenzo segurou a mão dela e levou-a à boca.

— Laura — sussurrou.

Foi tudo que ele disse, apenas seu nome. E com essa única palavra, proferida com tanta ternura, revelou todos os seus segredos.

E ela os assimilou. Quando se aproximou, Lorenzo já estava com os braços estendidos para recebê-la. O gosto dos lábios dela foi inebriante como vinho, e ele não conseguia se fartar, não conseguiria nunca se fartar. Ambos sabiam que aquilo traria sofrimento, mas as chamas já haviam se alastrado para além de seu controle, alimentadas por cinco anos de separação e desejo.

Sem fôlego, os dois fizeram uma pausa para respirar e se entreolharam na escuridão. O luar entrava pela fresta da cortina, iluminando parte do rosto de Laura.

— Como senti saudade! — sussurrou ela. — Escrevi tantas cartas dizendo o que estava sentindo...

— Não recebi nada.

— Porque as rasguei. Não suportava a ideia de você não sentir o mesmo.

— Eu sentia. — Lorenzo segurou o rosto dela. — Ah, Laura, eu sentia!

— Por que nunca me disse?

— Depois de tudo que aconteceu, achei que a gente nunca ficaria...

— Junto?

Ele suspirou e baixou as mãos.

— Hoje isso parece mais impossível que nunca.

— Lorenzo — sussurrou ela, beijando-o não para saciar o desejo mas para tranquilizá-lo. — Isso jamais vai acontecer se não imaginarmos antes. É o que precisamos fazer.

— Quero que você seja feliz. É tudo o que eu sempre quis.

— E foi por isso que ficou longe de mim.

— Não tenho nada a oferecer. O que posso lhe prometer?

— As coisas vão mudar! O mundo pode estar do avesso agora, mas não vai ficar assim para sempre. Existem muitas pessoas boas. Vamos dar um jeito.

— É isso o que seu pai diz?

— É nisso que acredito. É nisso que *preciso* acreditar, ou não há mais esperança, e não posso viver sem esperança.

Agora, ele também sorria.

— Você é tão intensa! Sabia que já tive medo de você?

— Sabia. — Laura soltou uma risada. — Meu pai diz que preciso aprender a não assustar tanto as pessoas.

— Mas é o que eu amo em você.

— E sabe por que eu amo você?

Lorenzo sacudiu a cabeça.

— Nem imagino.

— Porque você *também* é intenso. Em relação à música, em relação à sua família. Em relação ao que importa. Na Ca' Foscari, conheci muitos garotos que dizem que querem ser ricos ou famosos, que querem uma casa de veraneio no campo. Mas isso é tudo coisa para se *querer*, não é coisa para se *sentir*.

— E você chegou a se encantar por um desses garotos? Pelo menos um pouco?

— Como eu poderia? Só conseguia pensar em você, no palco naquela noite. Em como estava tão seguro, tão imponente! Quando você tocava, eu ouvia sua alma cantando para a minha. — Laura encostou a testa na dele. — Nunca senti isso com mais ninguém. Só com você.

— Não sei quando vou voltar. Não posso pedir para que me espere.

— Você se lembra do que eu disse? Jamais vai acontecer se não imaginarmos antes. Então é isso que precisamos fazer: nos imaginar juntos um dia, no futuro. Acho que você vai ficar muito elegante quando estiver mais velho. Vai ter o cabelo grisalho aqui e aqui. — Ela tocou as têmporas dele. — Quando sorrir, vai ter rugas lindas ao redor dos olhos. Vai usar uns óculos estranhos, como meu pai.

— E você vai ser tão bonita quanto é hoje.

Laura riu.

— Ah, não, eu vou estar gorda depois de ter nossos filhos!

— Mas vai continuar linda.

— Está vendo? Pode ser assim. Vamos envelhecer juntos. Não podemos deixar de acreditar, porque, um dia...

As sirenes de ataque aéreo irromperam de repente.

Ambos viraram para a janela e Laura abriu a cortina. Na rua, os vizinhos se juntavam para perscrutar o céu à procura de aviões. Apesar dos alarmes frequentes, a cidade nunca havia sofrido nenhum ataque aéreo, e os venezianos já desconsideravam as sirenes que volta e meia lhes interrompiam o sono. Mesmo que atirassem bombas, onde poderiam se abrigar naquela cidade erguida sobre a água?

Da janela escura, Laura gritou:

— *Signore*, é só mais um treinamento?

— Com todas essas nuvens e cerração, com certeza não é a melhor noite para um ataque aéreo — respondeu o homem. — O piloto não enxergaria nem três metros à frente.

— Por que as sirenes estão tocando?

— Quem sabe? — Ele se dirigiu a três homens que conversavam, fumando. — Vocês ouviram alguma notícia?

— No rádio não deu nada. Minha esposa está telefonando para a irmã, em Mestre, para ver se ela sabe de alguma coisa.

Na rua, surgia cada vez mais gente, envoltas em seus casacos e xales, gritando perguntas em meio ao alarido das sirenes. Em vez de medo, o que Lorenzo notava naquelas vozes era perplexidade e excitação, até certa euforia, como se aquilo fosse uma festa.

A porta do quarto se abriu de repente e o professor Balboni entrou.

— Nosso visitante finalmente foi embora — murmurou.

— Papai, o que ele disse? Por que veio aqui? — perguntou Laura.

— Meu Deus, se o que ele disse for verdade, se as coisas que me disse...

— Que coisas?

— A SS vai bater de porta em porta, fazendo prisões. — O professor fitou Lorenzo. — Não há mais tempo. Você precisa desaparecer *hoje*. Com essas sirenes tocando, com o caos que está nas ruas, talvez consiga fugir.

— Preciso ir para casa. Preciso contar tudo à minha família — desesperou-se Lorenzo, virando-se para a porta.

Balboni segurou seu braço.

— É tarde demais para salvá-los. Sua família está na lista. Talvez já estejam a caminho de sua casa.

— Minha irmã só tem 14 anos! Não posso abandoná-la!

Ele se desvencilhou e saiu correndo do quarto.

— Lorenzo, espere! — pediu Laura, descendo a escada em seu encalço. Na porta da casa, segurou-o pelo braço. — Por favor, ouça o meu pai!

— Preciso avisar isso a eles. Você sabe que preciso.

— Papai, converse com ele — implorou Laura, quando o pai surgiu à porta. — Diga que é perigoso.

Balboni sacudiu a cabeça, em desalento.

— Acho que ele já está decidido, e não podemos fazê-lo mudar de ideia. — Ele encarou Lorenzo. — Mantenha-se escondido nas sombras, rapaz. Se conseguir tirar sua família de Cannaregio, corra para o monastério de Pádua. Os monges vão dar abrigo a vocês até que alguém os leve à fronteira. — O professor segurou os ombros de Lorenzo. — Quando tudo isso acabar, quando a Itália recuperar a sensatez, nós vamos nos ver de novo. E celebrar.

Lorenzo se virou para Laura. Ela mantinha a mão na boca, tentando segurar as lágrimas. Ele a abraçou e sentiu o corpo dela tremer com o esforço de não chorar.

— Nunca deixe de acreditar em nós — sussurrou.

— Nunca.

— Então vai acontecer. — Ele lhe beijou a boca, sentindo mais uma vez o gosto dela. — Vamos *fazer* acontecer.

13

Lorenzo saiu pela noite, o cachecol enrolado no rosto para evitar olhares indesejados. As sirenes continuavam tocando, como se o próprio céu gritasse de desespero. Arrancado de casa naquela noite estranha, um pequeno grupo estava reunido no Campo della Carità, ávido de notícias, compartilhando rumores. Se aquilo tivesse sido de fato um ataque aéreo, a morte encontraria todos em plena rua, condenados pela própria curiosidade. Mas, assim como em todas as noites anteriores, nenhuma bomba caiu sobre Veneza, e as pessoas que saíram de casa só sofreram de frio e, pela manhã, do arrependimento de terem ido para a cama tão tarde.

Ninguém viu o jovem que corria pelas sombras.

Naquela noite de cerração e caos, Lorenzo atravessou a ponte e o bairro de San Polo sem se deixar notar. Seu maior desafio estava por vir: tirar a família da cidade antes do alvorecer. Conseguiria a mãe vencer a pé o caminho até Pádua? Deveriam mandar Marco e Pia na frente? Se a família se separasse, como e onde se reencontraria?

Ele ouviu gritos e o ruído de vidro se quebrando, e correu para a escuridão. Da esquina, viu um homem e uma mulher serem arrastados de casa e obrigados a se ajoelhar na rua. Uma saraivada de cacos de vidro caiu da janela acima do casal, seguida de livros e papéis que voavam como pássaros feridos, caindo em pilhas cada vez maiores na rua. A mulher ajoelhada chorava, mas as sirenes abafavam o som.

Um fósforo foi acendido na escuridão. Jogada no monte de papéis, a chama rapidamente se transformou numa grande fogueira.

Lorenzo se afastou do brilho do fogo e seguiu por outra rua para chegar ao norte, dando a volta por Santa Croce. Ao cruzar a ponte de Cannaregio, viu o brilho infernal de outra fogueira adiante. *Minha rua. Minha casa.*

Ele correu até a esquina da Calle del Forno e, horrorizado, viu o incêndio que assolava a rua, devorando um monte de livros. Os livros do avô. Na rua de pedras havia um mar de cacos de vidro, os estilhaços refletindo as chamas como pequenas poças de fogo.

A porta de casa estava aberta. Ele não precisava entrar para ver a destruição do interior: a louça quebrada, as cortinas rasgadas.

— Sua família não está lá, Lorenzo! — ecoou a voz de uma menina.

Ele deu meia-volta e viu Isabella, a vizinha de 12 anos, que o fitava com tristeza do outro lado da rua.

— A polícia levou todo mundo. Depois os camisas negras vieram e botaram fogo. Pareciam malucos. Por que precisavam quebrar a louça? Meu pai me mandou ficar em casa, mas eu vi o que aconteceu pela janela. Vi tudo.

— Onde eles estão? Onde está minha família?

— Estão na Marco Foscarini. Todo mundo foi levado para lá.

— Por que estão na escola?

— O policial disse que vão ser mandados para um campo de trabalho. Disse ao meu pai que não se preocupasse, porque vai ser só por um tempo. Quando tudo se acalmar, as famílias vão voltar. Ele disse que vai ser como umas férias. Meu pai disse que não tem nada que a gente possa fazer. É assim que as coisas são.

Lorenzo voltou os olhos para as cinzas enegrecidas, tudo que restava da estimada biblioteca musical de Alberto. No canto, um único volume sobrevivera às chamas. Ele se agachou para pegá-lo, e o cheiro de fumaça se ergueu das páginas chamuscadas. Era a coletânea de músicas ciganas de Alberto, canções que Lorenzo conhecia desde o berço. As mesmas canções que Pia cantarolava à noite enquanto penteava o cabelo. Com aquele precioso livro nas mãos, Lorenzo pensou na irmã, o pavor que ela devia estar sentindo. Pensou na mãe com os joelhos doloridos e pulmões fracos. Como sobreviveria às tarefas pesadas de um campo de trabalho?

— Você vai com eles? — perguntou Isabella. — Se correr, pode alcançá-los, e todos ficariam juntos. O campo não deve ser muito ruim. Foi o que o policial disse.

Lorenzo ergueu a cabeça e viu as janelas arruinadas de sua casa. Se fugisse agora, poderia estar próximo de Pádua ao raiar do dia. De lá, precisaria seguir para o noroeste, para as montanhas, e atravessar a fronteira suíça. Era o que o professor Balboni o instigara a fazer: fugir. Esquecer a família e se salvar.

E, quando esta guerra acabar, pensou Lorenzo, *como vou poder olhar para eles sabendo que os abandonei aos infortúnios de um campo de trabalho?* Imaginou o olhar de decepção de Pia. Era só nisso que conseguia pensar: no olhar da irmã.

— Lorenzo?

— Obrigado, Bella. — Ele pousou a mão na cabeça da menina. — Fique bem. Um dia vamos nos reencontrar.

— Você vai fugir?

— Não. — Ele guardou o livro debaixo do casaco. — Vou procurar minha família.

* * *

Foi Pia que o avistou. Em meio ao choro de crianças e bebês, ele a ouviu gritar seu nome, a viu agitando os braços para chamar sua atenção. Havia tanta gente no centro de detenção improvisado na escola Marco Foscarini que Lorenzo precisou abrir caminho entre velhinhos aturdidos que se embalavam de agonia, precisou transpor famílias que haviam simplesmente se deixado cair de cansaço no chão.

Pia se lançou com tanta alegria de encontro ao irmão que ele cambaleou com a força do abraço.

— Achei que nunca mais o veríamos! Marco disse que você tinha fugido, mas eu sabia que não faria isso. Sabia que não nos abandonaria.

A mãe e o pai se aproximaram para também abraçá-lo, envolvendo-o num asfixiante emaranhado de mãos. Apenas quando finalmente o largaram, o irmão, Marco, aproximou-se para lhe dar um tapa nas costas.

— A gente não sabia aonde você tinha ido — disse ele.

— Eu estava na casa dos Balboni quando ouvi as sirenes de ataque aéreo.

— Foi um truque — afirmou Marco, com amargor. — Usaram as sirenes para nos pegar de surpresa. Ninguém ouvia o que estava acontecendo. E ainda não temos nenhuma notícia do vovô. Há boatos de que invadiram até o hospital. — Marco voltou os olhos para a mãe, que havia se sentado num banco, apertando o casaco contra o corpo. Em voz baixa, acrescentou: — Arrancaram a mamãe da cama. Não a deixaram nem se vestir direito. Pegamos o que pudemos antes de nos arrastarem para a rua.

— Eu vi a casa — disse Lorenzo. — Os camisas negras quebraram todas as janelas, queimaram todos os livros. Está acontecendo na cidade toda.

— E você teve a chance de escapar? Por que não fugiu? Podia estar a caminho da fronteira!

— E Pia? E mamãe? Nós somos uma família, Marco. Precisamos ficar juntos.

— Quanto tempo você acha que vai durar num campo de trabalho? Quanto tempo acha que *eles* vão durar?

— Fique quieto. Você vai assustar Pia.

— Não vai, *não* — afirmou Pia. — Agora que estamos todos juntos, não sinto medo nenhum. — Ela segurou a mão de Lorenzo. — Venha ver o que eu fiz. Você vai gostar.

— O que foi?

— Quando ouvi as batidas na porta, corri para o seu quarto. Escondi debaixo do casaco, para eles não verem.

Ela o conduziu ao banco onde a mãe estava sentada e se agachou.

Lorenzo viu o que Pia tinha nas mãos e por um instante não conseguiu dizer nada, de tão emocionado que ficou com o que a irmã fizera por ele. Dentro do estojo, La Dianora estava intacta e aconchegada em seu berço de veludo. Ele tocou a madeira envernizada e, mesmo naquele salão frio, o violino lhe pareceu quente, vivo.

Às lágrimas, encarou a irmã.

— Obrigado. — Abraçou-a. — Obrigado, querida Pia!

— Eu sabia que você viria atrás dela. Eu sabia que você viria atrás de *nós*.

— E estou aqui.

Exatamente onde precisava estar.

Na manhã seguinte, Lorenzo acordou com o choro de crianças.

Dolorido por ter dormido no chão, ele soltou um gemido ao se sentar e esfregou os olhos. A luz que entrava pelas janelas imundas do salão imprimia em todos os rostos um tom cinzento, opaco. A poucos metros dele, uma mulher exausta tentava silenciar um bebê aflito. Um velho se embalava para a frente e para trás, murmurando palavras que só ele entendia. Por toda parte, Lorenzo via ombros curvados e rostos perplexos, muitos dos quais reconhecia. Lá estavam os Perlmutter, que tinham uma filha com lábio leporino; os Sanguinetti, cujo filho de 14 anos fora seu aluno até a falta de interesse do menino pôr fim às aulas; os Polacco, que tinham a alfaiataria; o Sr. Berger, que já fora presidente do banco; e a Sra. Ravenna, que sempre parecia discutir com a mãe dele quando as duas se encontravam na praça. Fossem jovens ou idosos, eruditos ou operários, estavam todos reduzidos àquele mesmo estado de miséria.

— Quando vão trazer comida? — lamuriou-se a Sra. Perlmutter.
— Meus filhos estão com fome!

— Todos estamos com fome — respondeu um homem.

— Você pode ficar sem comer. As crianças, não.

— Fale pela senhora.

— É só nisso que você consegue pensar? Em si próprio?

O Sr. Perlmutter pôs a mão no braço da esposa, procurando acalmá-la.

— Brigar não ajuda em nada. Deixe isso para lá, por favor. — Ele sorriu para os filhos. — Não se preocupem. Logo, logo vão trazer comida.

— Quando, papai?

— Na hora do almoço, tenho certeza. Vocês vão ver.

Mas a hora do almoço veio e se foi, assim como a hora do jantar. Nenhum alimento foi oferecido nem naquele dia nem no seguinte. Eles só tinham água para beber, e da torneira da pia do banheiro.

À noite, o choro de fome das crianças não deixava Lorenzo dormir.

Deitado no chão, ao lado de Pia e Marco, ele fechava os olhos e tentava não pensar em comida, mas como poderia não fazer isso? Relembrava as refeições que desfrutara à mesa do professor Balboni: os *consommés* mais translúcidos que já provara; os peixes crocantes da lagoa, tão pequeninos que eram comidos com espinha e tudo. Pensava em bolos e vinhos. E no cheiro delicioso de galinha assada.

A irmã gemia dormindo, acossada pela fome nos sonhos.

Ele a abraçou e murmurou:

— Calma, Pia, estou aqui. Vai ficar tudo bem.

Ela se aninhou nele e voltou a dormir, mas Lorenzo não conseguia fazer o mesmo.

Estava acordado quando o primeiro saco foi lançado pela janela. O saco quase caiu na cabeça de uma mulher que dormia. Ela acordou sobressaltada, gritando na escuridão:

— Agora estão tentando nos matar! Esmagar nossas cabeças enquanto dormimos!

O segundo saco caiu no cômodo, e algo rolou para fora dele.

— Quem está atirando essas coisas? Por que estão fazendo isso?

Lorenzo subiu no banco e olhou pela janela. Viu dois vultos agachados, um deles prestes a jogar pelo alto peitoril um terceiro saco.

— Ei! — chamou. — O que vocês estão fazendo?

Um dos vultos ergueu a cabeça. A lua estava cheia e, à sua luz, ele viu o rosto de uma senhora vestida de preto. Ela pôs o dedo diante da boca em pedido de silêncio, então os dois se afastaram para a escuridão.

— Maçãs! — exclamou uma mulher. — Tem maçãs aqui!

Alguém acendeu uma vela e, sob o fraco brilho da chama eles viram os alimentos que se derramavam dos sacos. Pão. Nacos de queijo embrulhados em jornal. Batatas cozidas.

— Primeiro as crianças! — implorou uma mulher. — As crianças!

Mas as pessoas já pegavam a comida, desesperadas por uma pequena fração antes que tudo acabasse. As maçãs desapareciam em bolsos. Duas mulheres brigavam por um embrulho de queijo. Um homem enfiou uma batata inteira na boca, devorando-a antes que alguém a pegasse.

Marco se jogou na confusão e surgiu instantes depois com metade de um pão, tudo que conseguiu para a família. Eles se juntaram ao redor daquele tesouro, enquanto Marco o cortava em cinco pedaços. O pão era duro como couro, havia sido feito pelo menos um dia antes, mas, para Lorenzo, era mais gostoso do que o mais tenro bolo. Ele saboreou cada mordida, os olhos fechados de deleite ao deixar os bocados se dissolverem na língua. Pensou em todos os outros pães que já comera na vida e na displicência com que os mastigara, sem de fato sentir o sabor, porque o pão era como ar, algo a que não se dava valor, algo básico em toda refeição.

Ao lamber dos dedos as últimas migalhas, notou que o pai não tocara na comida, apenas fitando seu pedaço.

— Papai, coma — pediu Lorenzo.

— Não estou com fome.

— Como pode não estar com fome? O senhor não come há dois dias.

— Não quero. — O pai estendeu o pão para Lorenzo. — Tome. É para você, Pia e Marco.

— Deixe de loucura, papai — respondeu Marco. — O senhor precisa comer.

Bruno sacudiu a cabeça.

— É minha culpa, é tudo culpa minha. Eu devia ter ouvido você, Marco, e ao professor Balboni. Devíamos ter saído da Itália há meses. Sou um velho teimoso!

O pão caiu no chão e ele enterrou o rosto nas mãos. Dobrou o corpo para a frente, sacudido pelos soluços. Lorenzo nunca o vira chorar. Seria aquele homem derrotado seu pai, que sempre fazia questão de dizer que sabia o que era melhor para a família? Que mantinha a loja aberta seis dias por semana, obstinadamente, mesmo enquanto a clientela minguava? Como devia ter sido difícil para Bruno esconder suas dúvidas durante aqueles cinco anos, aguentando o fardo de cada decisão, boa ou má! E foi àquele lugar que suas escolhas os levaram. Lorenzo ficou tão abismado com a visão do pai desmoronando que não soube o que dizer ou fazer.

Mas a mãe soube. Ela abraçou o marido e deitou o rosto dele no ombro.

— Não, não, Bruno, não é culpa sua — murmurou. — Eu não poderia abandonar meu pai. Também não queria ir embora, então a culpa também é minha. Tomamos a decisão juntos.

— E agora sofremos juntos.

— Não vai durar para sempre. E não pode ser tão terrível assim no campo. Não tenho medo de trabalho e sei que você também não. Sempre trabalhou tanto. O importante é que estamos juntos, não é? — Ela passou a mão no cabelo ralo dele e beijou o topo de sua cabeça. — Não é?

Lorenzo não se lembrava da última vez que vira os pais se beijando ou se abraçando. Em casa, os dois sempre pareciam planetas isolados girando em suas próprias órbitas, próximos, mas sem se tocar. Não conseguia imaginá-los ansiando um pelo outro, como ele ansiava por Laura, mas ali estavam: abraçados como um casal de amantes. Ele conhecia mesmo os pais?

— Papai, por favor, coma — implorou Pia, entregando-lhe o pedaço de pão.

Bruno fitou o alimento como se jamais tivesse visto pão na vida e não soubesse o que fazer com ele. Quando se pôs afinal a mastigar, foi sem nenhum prazer aparente, como se comer fosse uma obrigação, e ele só fizesse aquilo para agradar à família.

— Isso mesmo. — Eloisa sorriu. — Vai ficar tudo bem.

— Vai, sim. — Bruno respirou fundo e se endireitou no banco, o patriarca da família de volta ao comando. — Vai ficar tudo bem.

Na alvorada do terceiro dia, a porta se abriu.

Lorenzo acordou com o ruído de botas se aproximando. Levantou-se enquanto homens uniformizados entravam no salão. Eles usavam a insígnia da Guardia Nazionale Repubblicana fascista.

Acima dos gritos de crianças apavoradas, uma voz se fez ouvir:

— Atenção! *Silêncio!*

O oficial não chegou a entrar, dirigindo-se aos prisioneiros do vão da porta, como se o ar do salão fosse poluído e ele não tivesse a menor intenção de contaminar os pulmões.

Pia deu a mão a Lorenzo. Estava tremendo.

— O Artigo Sétimo da Carta di Verona decreta que vocês são estrangeiros inimigos — anunciou o oficial. — De acordo com a quinta ordem policial, divulgada no dia 1º de dezembro, serão transportados a um campo de internamento. O ministro teve a gentileza de dispensar idosos e doentes, mas todos vocês foram considerados aptos.

— Então o vovô está a salvo? — perguntou Pia. — Não vão tirá-lo do hospital?

— Shhh.

Lorenzo apertou a mão dela. *Não chame atenção.*

— O trem está à sua espera — continuou o oficial. — Depois de embarcar, cada um de vocês poderá escrever uma carta. Sugiro que contem a amigos e vizinhos que estão bem, que não precisam se preocupar. Garanto que as cartas serão entregues. Agora é hora de pegar seus pertences. Levem apenas o que puderem carregar até a estação.

— Está vendo? — sussurrou Eloisa para Bruno. — Estão nos deixando até escrever cartas. E meu pai vai poder ficar no hospital. Vou escrever para ele, para que não se preocupe. E você deve escrever ao professor Balboni. Diga que ele nos assustou à toa e que está tudo bem.

Com tantas famílias, tantas crianças pequenas, a caminhada até a estação de trem foi demorada. Eles passaram enfileirados por lojas conhecidas e pela mesma ponte que Lorenzo já atravessara inúmeras vezes. Curiosos se reuniam para observá-los em silêncio, como se vissem uma procissão de fantasmas. Entre os espectadores, ele avistou a vizinha Isabella. A menina ergueu o braço para acenar, mas o pai lhe segurou o pulso. Quando Lorenzo passou por ele, o homem não o encarou: fitou o chão, como se encontrar seu olhar pudesse condená-lo também.

A procissão silenciosa cruzou a *piazza*, onde em qualquer outro dia ouviam-se risadas e conversas, mulheres chamando os filhos. Mas hoje havia apenas o ruído de passos, de tantos passos, se arrastando, cansados. Quem observava não ousava protestar.

Naquele silêncio, a única voz que de repente irrompeu foi ainda mais alarmante.

— Lorenzo, aqui! Estou aqui!

No início, tudo que ele viu foi o reflexo do sol no cabelo dourado e pessoas abrindo caminho enquanto ela pedia:

— Com licença! Preciso passar!

Então, de repente, Laura estava diante dele, abraçando-o, beijando sua boca, o gosto de sal e lágrimas.

— Eu amo você — disse Lorenzo. — Espere por mim.

— Eu prometo. E você precisa prometer que vai voltar para mim.

— Ei, menina! — gritou um guarda. — Saia daí!

Laura foi arrancada de seus braços, e Lorenzo se viu empurrado de volta à procissão que o levava adiante, sempre adiante.

— *Prometa!* — ouviu-a gritar.

Ele se virou, desesperado para vê-la uma última vez, mas o rosto já se perdera na multidão. Só viu uma mão branca erguida em gesto de adeus.

— Estão todos cegos — observou Marco. — Eles tapam os olhos e se recusam a ver o que está acontecendo.

Enquanto os pais e a irmã dormiam ao seu lado, embalados pelos hipnóticos estalos do trem, os irmãos conversavam em voz baixa.

— Essas cartas não significam nada. Só estão nos deixando escrever para nos tranquilizar. Para nos distrair. — Ele encarou Lorenzo. — Você escreveu para Laura, não foi?

— Você acha que minha carta não vai ser entregue?

— Ah, provavelmente vai. Mas com que intenção?

— Não entendo o que quer dizer.

Marco bufou.

— Porque você está tão cego quanto todas as outras pessoas, irmãozinho! Você vive com a cabeça nas nuvens, sonhando com sua música, acreditando que, ah, sim, vai dar tudo certo! Você vai se casar com Laura Balboni, ter filhos perfeitos e ser feliz para sempre, tocando suas belas melodias.

— Pelo menos não vou ser amargurado e raivoso como você.

— Sabe por que eu sou amargurado? Porque vejo a verdade. Sua carta vai ser entregue. Assim como a de Pia e a da mamãe. — Ele voltou os olhos para os pais adormecidos, aninhados um ao outro. — Você viu as bobagens que a mamãe escreveu? *Nosso trem tem assentos confortáveis de terceira classe. E nos prometeram que as acomodações do campo serão igualmente satisfatórias.* Como se estivéssemos indo para um resort em Como! Nossos amigos e vizinhos vão achar que está tudo bem, que estamos levando uma vida de turistas, e não vão se preocupar. Assim como o papai se recusa a se preocupar. A vida toda ele trabalhou com as mãos e não acredita em nada que não possa ver e tocar. Não tem imaginação para considerar o pior. E é por isso que ninguém opõe resistência, porque queremos acreditar no melhor. Porque é assustador demais imaginar as possibilidades. — Ele encarou Lorenzo. — Você já notou a direção em que o trem está nos levando?

— Como posso saber? Eles deixaram as persianas fechadas.

— Porque não querem que a gente saiba para onde estamos indo. Mas, mesmo através das persianas, dá para ver de que lado está o sol.

— Disseram que estamos indo para um campo de internamento em Fossoli. É para onde mandam todo mundo.

— É o que dizem. Mas olhe para as persianas, Lorenzo. Viu de que lado do trem está batendo o sol? Não estamos indo para Fossoli.

— Taciturno, Marco voltou os olhos para a frente e, num murmúrio, acrescentou: — Este trem está indo para o norte.

Julia

14

Rob está furioso comigo. Sei disso pela maneira como bate a porta da casa e pela forma como entra pisando duro na cozinha.

— Por que você cancelou a consulta com a Dra. Rose? — pergunta.

Não me viro para ele, apenas continuo fatiando cenouras e batatas para o jantar. Hoje teremos frango assado, temperado com azeite, limão, alecrim e sal marinho. Será uma refeição a dois, porque Lily continua com Val. A casa está muito silenciosa sem ela. Sinto como se eu tivesse entrado num triste universo paralelo, e a casa de verdade com a pessoa que sou de verdade existisse em algum outro lugar: a casa onde somos todos felizes, onde minha filha me ama e meu marido não está me fulminando com os olhos na cozinha.

— Eu não estava no clima — respondo.

— Não estava no *clima*? Você faz ideia de como foi difícil ela encaixar você na agenda, de uma hora para outra?

— A psiquiatra foi ideia sua, não minha.

Rob solta uma risada frustrada.

— É, ela previu que você resistiria. Disse que negação faz parte do seu problema.

Com calma, deixo a faca sobre a bancada e me viro para esse Rob do universo paralelo. Ao contrário do meu marido tranquilo, de camisa engomada, o homem que tenho diante de mim está ruborizado, agitado, a gravata torta.

— Você se consultou com ela? Já estão conversando sobre mim?

— Claro que estamos! Não sei mais o que fazer. Precisava conversar com *alguém*.

— E o que você disse a ela?

— Que você está tão obcecada com aquela droga de música que não enfrenta o verdadeiro problema. Que se afastou de Lily. E se afastou de mim.

— Se alguém enfiasse um caco de vidro na *sua* perna, você também se afastaria.

— Eu sei que você acha que o problema é a Lily, mas a Dra. Rose passou três horas com ela. E só viu uma menina de 3 anos perfeitamente normal e encantadora. Não viu nenhum sinal de comportamento violento, nenhum sinal de patologia.

Eu o encaro, perplexa com o que acabo de ouvir.

— Você levou minha filha para a psiquiatra sem me dizer?

— Você acha que está sendo fácil para Lily? Ela passa mais tempo na casa de Val do que aqui e está confusa. Enquanto isso, você liga para Roma todos os dias. Vi a conta do telefone. O coitado do dono da loja deve estar se perguntando por que a americana maluca não o deixa em paz.

A palavra *maluca* me atinge como um tapa. É a primeira vez que ele a profere para mim, mas sei que é no que vem pensando durante todo esse tempo. Sou sua esposa maluca, filha de outra mulher maluca.

— Ah, meu Deus, Julia, desculpe. — Rob suspira e, num murmúrio, implora: — Por favor. Vá ver a Dra. Rose.

— Que diferença faz? Parece que vocês dois já me diagnosticaram.

— Ela é uma boa psiquiatra. É simpática, e acho que realmente se importa com os pacientes. Lily gostou dela de cara. Acho que você também vai gostar.

Viro-me para a bancada e pego a faca. Recomeço a fatiar as cenouras, com deliberada tranquilidade. Quando ele se aproxima e me abraça por trás, continuo fatiando-as, a lâmina batendo contra a madeira da tábua de corte.

— Estou fazendo isso por nós — sussurra ele, beijando minha nuca. O calor de seu hálito me dá um calafrio, como se um desconhecido me abraçasse. Não o marido que adoro, o homem que amo há mais de uma década. — É porque amo vocês duas. Você e Lily. As mulheres da minha vida.

Depois que Rob adormece, saio da cama e desço para a sala, onde pesquiso a Dra. Diana Rose no computador dele. Rob tem razão: ando tão obcecada em descobrir a origem de *Incendio* que não venho prestando atenção ao que se passa em minha própria casa. Preciso saber mais sobre essa mulher que já decretou que sou *resistente* e estou em *negação*. Ela foi hábil ao conquistar minha família, seduzindo minha filha, impressionando meu marido, mas não sei nada a seu respeito.

O Google mostra dezenas de resultados para "Dra. Diana Rose, Boston". No site profissional dela, constam sua especialidade (psiquiatria), informações sobre onde trabalha (um consultório no centro da cidade, vários hospitais) e formação (Universidade de Boston e Faculdade de Medicina de Harvard). Mas é a fotografia que prende minha atenção.

Enquanto desfiava elogios, Rob se esqueceu de me dizer que a Dra. Rose é uma mulher deslumbrante de cabelos castanhos.

Clico no link seguinte do Google. É uma notícia de Worcester, Massachusetts, sobre uma audiência em que a Dra. Rose testemunhou como perita. Ela declarou que a Sra. Lisa Verdon era um perigo para os filhos. Por causa de seu testemunho, o tribunal deu a custódia das crianças ao pai.

O medo me aperta o peito.

Clico em outro link. É mais um caso judicial, e vejo as palavras *audiência de interdição*. A Dra. Rose, perita da promotoria, recomendava a internação involuntária de um homem chamado Lester Heist porque ele era um perigo para si mesmo.

Nas dez páginas seguintes que visito vejo essa palavra surgindo repetidas vezes. *Interdição*. É a especialidade da Dra. Rose. Determinar se os pacientes são um perigo para si próprios ou para terceiros. Se devem ser internados como minha mãe.

Saio do Google e fico olhando a tela do computador, e noto que há uma nova fotografia como papel de parede. Quando Rob mudou a imagem? Apenas uma semana atrás havia um retrato de nós três, posando no jardim. Agora há uma foto só de Lily, o cabelo um halo à luz do sol. Sinto-me como se tivesse sido eliminada da minha própria família, e parece que, se baixar os olhos, vou ver meus braços desaparecendo. Quanto tempo até surgir o rosto de outra mulher nessa tela? Uma mulher de olhar cativante que acha que minha filha é uma menina doce, encantadora e perfeitamente normal?

A Dra. Diana Rose é tão bonita em carne e osso quanto na fotografia do site. O consultório tem janelas amplas que dão para o rio Charles, mas a vista é ocultada por cortinas diáfanas. As janelas cobertas me deixam claustrofóbica, como se estivesse presa num cubículo branco de mobília branca, e, se eu não disser as coisas certas, se não provar que sou lúcida, essa mulher me deixará trancada aqui para sempre.

Suas primeiras perguntas são bastante inofensivas. Onde nasci, onde cresci, como é meu estado geral de saúde? Ela tem olhos verdes, pele imaculada, e a blusa de seda bege é translúcida o suficiente para revelar o contorno do sutiã. Fico imaginando se meu marido notou esses mesmos detalhes durante as sessões neste mesmo sofá em que estou sentada. A voz dela é doce feito mel, e a mulher é boa em passar a impressão de que realmente se importa com meu bem-estar, mas acho que é uma ladra. Roubou o afeto da minha filha e a lealdade do meu marido. Quando lhe digo que sou musicista formada no Conservatório da Nova Inglaterra, acho que a vejo contrair a boca em desdém. Será que acha que músicos não são profissionais de verdade? Seus diplomas, certificados e prêmios estão emoldurados e pendurados na parede, prova concreta de que ela é superior a qualquer mera musicista.

— Então a senhora acha que tudo começou quando tocou essa música, *Incendio* — observa ela. — Fale mais sobre isso. A senhora disse que comprou a partitura em Roma.

— Num antiquário — confirmo.

— O que a fez comprá-la?

— Eu coleciono músicas. Estou sempre à procura de algo que nunca tenha ouvido. Algo singular e bonito.

— E a senhora sabia que essa música era bonita só de olhar para ela?

— Sabia. Quando leio a partitura, ouço as notas na cabeça. Achei que seria uma boa obra para o meu quarteto. Quando cheguei em casa, eu a toquei no violino. E foi quando Lily... — Detenho-me. — Foi quando ela mudou.

— E está convencida de que *Incendio* provocou isso.

— Tem algo muito forte naquela música. Algo sombrio e perturbador. Ela tem uma energia negativa, que senti na primeira vez que toquei. Acho que Lily também sentiu. Acho que reagiu a isso.

— E por isso machucou a senhora. — A fisionomia da Dra. Rose é neutra, mas ela não consegue disfarçar a incredulidade na voz. Fica tão óbvio para mim quanto uma nota errada numa execução que, do contrário, seria irrepreensível. — Por causa da energia negativa da música.

— Não sei de que outro modo chamar. Tem alguma coisa *errada* com ela.

A Dra. Rose assente, como se compreendesse, mas é evidente que não é o caso.

— É por isso que anda telefonando para Roma?

— Quero saber a origem e a história da música. Talvez isso explique por que ela teve esse efeito sobre Lily. Tentei falar com o homem que me vendeu a partitura, mas ele não atende o telefone. Sua neta me escreveu uma carta algumas semanas atrás, dizendo que pediria a ele para descobrir mais informações. Mas, desde então, não tive nenhuma notícia.

A Dra. Rose respira fundo e se endireita na poltrona, sinal de que está prestes a mudar de tática.

— O que sente pela sua filha, Sra. Ansdell? — pergunta, a voz baixa.

Isso me faz parar, porque não tenho certeza da resposta. Lembro-me de Lily sorrindo para mim quando era recém-nascida e de pensar: *Este vai ser para sempre o momento mais feliz da minha vida.* Lembro-me da noite em que ela teve febre alta, o desespero da possibilidade de perdê-la. E então penso no dia em que vi aquele caco de vidro cravado na minha perna e ouvi minha filha dizendo "Dodói mamãe, dodói mamãe".

— Sra. Ansdell?

— Eu amo minha filha, é claro — respondo, no automático.

— Apesar de ela ter atacado você?

— Sim.

— Apesar de ela não parecer mais ser a mesma criança?

— Sim.

— Já sentiu vontade de revidar?

Eu a encaro.

— O quê?

— Não é um sentimento inusitado — responde ela, parecendo bastante sensata. — Até a mãe mais paciente pode chegar ao seu limite e dar uma palmada no filho.

— Eu *nunca* machuquei minha filha. Nunca quis machucá-la.

— Já sentiu vontade de machucar a si mesma?

Ah, a facilidade com que ela introduziu a pergunta! Já vejo a direção que o interrogatório está tomando.

— Por que você está me perguntando isso?

— Você se machucou duas vezes. Teve um caco de vidro enfiado na perna. E caiu da escada.

— Eu não enfiei o caco de vidro na perna. Nem me joguei do alto da escada.

A Dra. Rose suspira, como se eu fosse obtusa demais para entender o que é óbvio para todos.

— Sra. Ansdell, não havia nenhuma outra pessoa presente para testemunhar esses incidentes. Seria possível que eles não tivessem ocorrido exatamente como a senhora se lembra?

— Eles aconteceram *exatamente* como eu contei.

— Só estou tentando entender a situação. Não precisa ficar irritada.

É irritação que minha voz transmite? Respiro fundo para me acalmar, embora eu tenha todos os motivos do mundo para me sentir assim. Meu casamento está desmoronando, minha filha quer me fazer mal, e tenho diante de mim a Dra. Rose, tranquila e serena. Fico imaginando se sua vida é tão perfeita quanto parece. Talvez ela seja alcoólatra, cleptomaníaca ou ninfomaníaca.

Talvez roube o marido de outras mulheres.

— Olhe, não sei por que estou aqui — admito. — Acho que nós duas estamos perdendo tempo.

— Seu marido está preocupado. É por isso que estamos aqui. Ele disse que a senhora perdeu peso e não está dormindo bem.

— O que mais ele disse?

— Que a senhora se afastou dele e da sua filha. Que está tão distraída que não ouve o que ele diz. É por isso que preciso lhe perguntar o seguinte: a senhora anda ouvindo vozes?

— Como assim?

— Vozes na sua cabeça, mandando que faça coisas? Talvez que se machuque?

— Você está perguntando se estou tendo uma crise psicótica. — Solto uma risada. — A resposta, Dra. Rose, é *não*. É *não mesmo!*

— Espero que a senhora entenda que isso é algo que preciso perguntar. Seu marido está preocupado com o bem-estar da sua filha e, como precisa trabalhar durante o dia, temos de nos certificar de que ela não está correndo nenhum perigo quando fica sozinha com a senhora, em casa.

Finalmente chegamos ao verdadeiro motivo de minha vinda a este consultório psiquiátrico. Eles acham que sou um perigo para Lily. Que sou um monstro capaz de matar bebês, como minha mãe, e Lily precisa de proteção.

— Sei que sua filha está ficando na casa da sua tia. Não é uma solução de longo prazo — diz a Dra. Rose. — Seu marido quer que ela volte para casa um dia, mas também quer ter certeza de que é seguro fazer isso.

— Você acha que não quero que ela volte também? Desde o dia em que Lily nasceu, mal nos separamos. Sem ela, é como se faltasse um pedaço de mim.

— Mesmo querendo que ela volte para casa, pense no que aconteceu. A senhora não foi buscá-la na creche e nem se deu conta disso. Acredita que sua filha é violenta e quer lhe fazer mal. Está obcecada com uma música que acha que é maligna. — A Dra. Rose se detém. — E tem histórico familiar de psicose.

Tudo isso cria uma imagem indiscutivelmente feia. Ninguém que a ouvisse desfiar os fatos poderia refutar suas conclusões. Portanto, o que ela diz em seguida não é nenhuma surpresa.

— Antes de me sentir à vontade com o retorno de sua filha para casa, acho que a senhora precisa ser mais bem avaliada. Recomendo um período de observação. Há uma ótima clínica em Worcester que tenho certeza de que vai achar confortável. Seria algo voluntário de sua parte. Considere como um período de férias. A oportunidade de passar um tempo livre de todas as responsabilidades, concentrada em si mesma.

— De quanto tempo estamos falando?

— Eu não saberia precisar.

— Então podem ser semanas. Até meses.

— Depende do seu progresso.

— E quem determinaria meu progresso? Você?

Minha pergunta faz com que ela se recoste na cadeira. *Paciente extremamente hostil* com certeza constará de suas anotações. É mais um detalhe que reforça o quadro complicado de Julia Ansdell, a mãe enlouquecida.

— Preciso frisar que esse período de avaliação seria totalmente voluntário — salienta ela. — A senhora poderia sair da clínica a hora que quisesse.

Ela dá a entender que tenho de fato escolha, como se o que acontecerá em seguida fosse uma decisão minha, mas ambas sabemos que estou encurralada. Se eu recusar, perco minha filha e muito provavelmente meu marido. Na verdade, já perdi os dois. Tudo que me restou é a liberdade, e mesmo isso está nas mãos da Dra. Rose. Basta ela declarar que sou um perigo para mim mesma ou para terceiros, que a porta do sanatório se fecha.

Sinto os olhos dela cravados sobre mim enquanto considero a resposta. *Fique calma, seja educada.*

— Vou precisar de um tempo para me preparar. Primeiro, quero conversar com meu marido. E preciso ver se tia Val pode ajudar com Lily.

— Claro. Entendo.

— Como eu talvez passe um bom tempo fora, há detalhes práticos que preciso resolver.

— Não é para sempre, Sra. Ansdell.

Mas para minha mãe foi, *sim*, para sempre. Para minha mãe, a instituição psiquiátrica foi a última parada de sua breve e turbulenta vida.

A Dra. Rose me acompanha à sala de espera, onde Rob me aguarda. Para ter certeza de que eu viria à consulta, ele próprio me trouxe, e vejo o olhar interrogativo que lança à Dra. Rose. Ela assente para ele, seu silêncio uma confirmação de que tudo correu bem e a esposa maluca vai cooperar com seus planos.

E coopero de fato. Que alternativa tenho? Mostro-me dócil no carro, enquanto Rob dirige. Quando chegamos em casa, ele não vai de pronto para o trabalho, querendo ter certeza de que não vou pular da janela nem cortar os pulsos. Dirijo-me à cozinha e ponho a chaleira para esquentar, tentando parecer o mais natural possível, embora meus nervos estejam à flor da pele. Quando ele finalmente sai, fico tão aliviada que começo a chorar e desabo na cadeira.

Então enlouquecer é assim.

Enterro o rosto nas mãos e penso em hospitais psiquiátricos. A Dra. Rose falou em uma *clínica*, mas sei o tipo de lugar onde querem me enfiar. Vi uma fotografia da instituição onde minha mãe morreu. Tinha árvores lindas e um gramado imenso. Também tinha grade nas janelas. Será num lugar assim que passarei o resto da vida?

A chaleira apita, despertando minha atenção.

Levanto-me para botar a água quente no bule. Então me sento para enfrentar a pilha de correspondência que se acumulou sobre a mesa da cozinha. São três dias de cartas ainda fechadas: andamos envolvidos demais na crise familiar para lidar com as tarefas do dia a dia, como passar roupa ou pagar contas. Não é de admirar que Rob agora ande tão amarrotado. A esposa dele está ocupada demais enlouquecendo para engomar a gola de suas camisas.

No alto da pilha há uma oferta para fazer as unhas de graça no shopping do bairro, como se eu ainda me importasse com isso. Num ataque súbito de fúria, empurro as cartas para fora da mesa, e elas saem voando. Um envelope cai a meus pés. Um envelope com selo de Roma. Reconheço o nome da remetente: Anna Maria Padrone.

Abro-o às pressas.

Prezada Sra. Ansdell,

Lamento a demora em responder, mas sofremos uma grande tragédia. Meu avô faleceu. Poucos dias depois que escrevi à senhora, ele foi assassinado durante um assalto à loja. A polícia está investigando o caso, mas temos pouca esperança de que encontrem o responsável. Minha família está de luto e gostaríamos de nos resguardar. Sinto muito, mas não posso responder a mais nenhuma pergunta sua. Peço que não telefone nem escreva mais. Por favor, respeite nossa privacidade.

Durante um longo tempo, mantenho os olhos fixos na carta de Anna Maria. Estou desesperada para dividir a notícia, mas com quem? Não pode ser com Rob nem com Val, que já acham que estou perigosamente obcecada por *Incendio*. Nem tampouco com a Dra. Rose, que apenas acrescentará isso à sua lista de provas da minha loucura.

Pego o telefone e ligo para Gerda.

— Ah, meu Deus! — exclama ela. — Ele foi *assassinado*?

— Não faz sentido nenhum para mim, Gerda. Só tinha tralha naquela loja, móveis velhos e quadros horríveis. São tantos antiquários na rua! Por que o ladrão escolheria o dele?

— Talvez ele parecesse um alvo mais fácil. Talvez houvesse objetos de valor que você não notou.

— Partituras e livros velhos? Eram os artigos mais valiosos que ele tinha. Coisa que ladrão nenhum roubaria. — Volto os olhos para a carta. — A neta não quer mais que eu a procure, então acho que nunca saberemos de onde vem a música.

— Ainda tem um jeito — afirma Gerda. — Temos aquele endereço de Veneza escrito no verso do livro de músicas ciganas. Se o compositor já morou lá, talvez possamos localizar sua família. E se ele tiver composto outras músicas que nunca foram publicadas? Poderíamos ser as primeiras a gravá-lo.

— Acho que você está se precipitando. Não sabemos nem se ele morou nesse endereço.

— Vou tentar descobrir. Estou fazendo a mala para Trieste agora. Lembra aquela apresentação de que te falei? Assim que o festival terminar, vou para Veneza. Já fiz reserva num hotelzinho lindo de Dorsoduro. — Ela se detém. — Por que você não me encontra lá?

— Em Veneza?

— Você anda tão deprimida, Julia! Seria ótimo fazer uma viagem à Itália. Nós poderíamos solucionar o mistério de *Incendio* e ainda aproveitar o passeio. O que você acha? Rob liberaria você por uma semana?

— Eu queria *poder* ir.

— E por que não pode?

Porque estou prestes a ser confinada num hospício e provavelmente nunca mais vou à Itália.

Volto os olhos para a carta e penso na lojinha sombria onde encontrei a partitura. Lembro-me das gárgulas sobre a porta e da aldrava que era uma cabeça de Medusa. E me lembro do calafrio que tive, como se já pressentisse que a morte em breve faria uma visita ao local. De algum modo, eu trouxe a maldição daquele lugar para casa, sob a forma de uma partitura manuscrita. Mesmo se queimasse as folhas agora, acho que jamais conseguiria me livrar dessa maldição. Jamais terei minha filha de volta. Pelo menos não enquanto estiver internada num hospital psiquiátrico.

Essa pode ser minha única chance de lutar. A única chance de recuperar minha família.

Ergo a cabeça.

— Quando você vai para Veneza? — pergunto a Gerda.

— O festival de Trieste acaba no domingo. Pretendo tomar o trem para Veneza na segunda-feira. Por quê?

— Mudei de ideia. Nós nos encontramos lá.

15

Quando todos acham que estamos cooperando, é fácil fugir da nossa vida e sair do país. Compro a passagem na internet pela Orbitz — *restam apenas dois bilhetes por esse preço!* —, saindo de Boston no fim da tarde e chegando a Veneza no começo da manhã seguinte. Peço a Val que fique com Lily enquanto me preparo para a internação. Ouço atentamente tudo que Rob diz, por mais insignificante que seja, de modo que ele não possa me acusar de ouvir vozes quando conversamos. Preparo três jantares excelentes consecutivos, sirvo todos com um sorriso e não profiro nenhuma palavra sobre *Incendio* nem sobre a Itália.

No dia do voo, digo a ele que estarei no salão de beleza até as cinco horas, o que, quando paramos para pensar, é uma desculpa bem esfarrapada: por que qualquer mulher se importaria com o cabelo quando está prestes a dar entrada num hospício? Mas Rob acha perfeitamente razoável. Só vai começar a se preocupar com meu paradeiro à noite, quando eu não voltar para casa.

A essa altura, já estou sobre o Oceano Atlântico, sentada na fila vinte e oito, no assento do meio, com uma senhora italiana à minha direita e um empresário parecendo distraído à minha esquerda. Ninguém quer conversar, o que é uma pena, porque estou desesperada para falar com alguém, qualquer pessoa, até mesmo esses dois desconhecidos. Quero confessar que sou uma esposa em fuga, que estou com medo mas também um pouco eufórica. Que não tenho nada a perder porque meu marido acha que estou maluca e minha psiquiatra quer me internar. Que nunca fiz nada tão louco e impulsivo, e que é tudo inusitadamente maravilhoso. É como se a *verdadeira* Julia tivesse saído da prisão com uma missão a cumprir. A missão de recuperar a filha e a própria vida.

Os comissários de bordo reduzem a iluminação da cabine e todos se aninham para dormir, mas permaneço acordada, pensando no que deve estar acontecendo na minha casa. Rob decerto telefonará para Val e para a Dra. Rose, depois chamará a polícia. *Minha esposa louca desapareceu.* Não vai saber de imediato que saí do país. Apenas Gerda sabe meu destino. E ela já está na Itália.

Embora tenha ido várias vezes a Roma, só visitei Veneza uma vez, quando Rob e eu estávamos de férias, quatro anos atrás. Era agosto, e me lembro da cidade como um confuso labirinto de ruelas e pontes abarrotadas de turistas. Lembro-me do cheiro de suor, frutos do mar e filtro solar. E lembro-me do forte brilho do sol.

O sol está novamente forte quando saio do aeroporto, ofuscada por tanta luz. Sim, esta é a Veneza de que me lembro. Só que está ainda mais cheia de gente. E muito mais cara.

Gasto quase todos os meus euros num táxi aquático particular até o bairro de Dorsoduro, onde Gerda fez reserva num hotelzinho. Escondido num beco tranquilo, o modesto estabelecimento tem saguão escuro com poltronas de veludo gasto e o tipo de atmosfera local que ela chamaria de charmosa, mas que considero apenas desleixada. Embora Gerda ainda não tenha chegado, nosso quarto já está pronto, e as camas de solteiro são limpas e convidativas. Estou tão cansada que nem tomo banho, apenas desabo sobre a colcha. Em poucos segundos, estou dormindo.

— Julia! — Alguém me cutuca. — Você não vai acordar nunca?

Abro os olhos e vejo Gerda debruçada sobre mim. Ela sorri, contente. Contente demais, penso, gemendo ao me espreguiçar.

— Acho que já deixei você dormir bastante. Está na hora de acordar.

— Quando você chegou?

— Tem algumas horas. Já saí para passear e almocei. São três da tarde.

— Não consegui dormir nada no voo.

— Se não levantar logo, não vai dormir à noite. Ande logo, ou vai ficar com jet lag para sempre.

Quando me sento, ouço o celular vibrando sobre a mesinha de cabeceira.

— Já tocou uma meia dúzia de vezes — avisa ela.

— Botei no silencioso para poder dormir.

— É melhor dar uma olhada nas mensagens. Parece que alguém precisa mesmo falar com você.

Pego o aparelho e corro os olhos pelas chamadas perdidas e mensagens de texto. Rob, Rob, Rob, Val, Rob. Jogo o celular na bolsa.

— Não é nada de mais. Só Rob, querendo saber como estou.

— Ele concordou com sua vinda?

Dou de ombros.

— Ele vai entender. Se telefonar para você, não atenda. Ele só vai encher o seu saco por eu ter vindo.

— Você contou que vinha, não contou?

— Eu disse que precisava passar um tempo fora. Falei que voltava para casa quando estivesse descansada. — Vejo-a franzir a testa e acrescento: — Não tem por que você se preocupar. Vai demorar até eu estourar meu cartão de crédito.

— Não é seu cartão de crédito que me preocupa. Estou impressionada com você e Rob. Não é do seu feitio viajar sem contar a ele aonde vai.

— Foi você que me convidou, lembra?

— É, mas eu não esperava que você entrasse num avião sem antes contar a ele. — Gerda me observa. — Quer conversar sobre isso?

Volto os olhos para a janela.

— Ele não acredita em mim, Gerda. Acha que estou delirando.

— Sobre a música?

— Ele não entende a força dela. Não entenderia por que vim até aqui para procurar o compositor. Acharia esta viagem uma loucura.

Gerda suspira.

— Acho que devo ser louca também, porque vim procurar as mesmas respostas.

— Então é melhor começarmos. — Penduro a bolsa no ombro. — Vamos à Calle del Forno.

Logo descobrimos que há mais de uma Calle del Forno em Veneza. A primeira que visitamos fica no *sestiere* de Santa Croce, onde às quatro da tarde as ruelas estão abarrotadas de turistas, que infestam as lojinhas e bares próximos à Ponte de Rialto. Mesmo a esta hora do dia, o calor é sufocante, e ainda estou um pouco aérea por causa da viagem. Não encontramos o número onze, por isso entramos numa sorveteria, onde Gerda tenta se comunicar num italiano rudimentar com a mulher de meia-idade que está atrás do balcão. A mulher vê o endereço escrito, sacode a cabeça e chama o adolescente magricela que está sentado a uma mesinha, no canto.

Resmungando, o menino tira do ouvido os fones do iPod e anuncia em inglês:

— Minha mãe está dizendo que vocês estão na rua errada.

— Mas esta *é* a Calle del Forno, não é? — Gerda entrega ao menino o endereço escrito. — Não encontramos o número onze.

— Não existe número onze nesta rua. Vocês estão procurando a Calle del Forno de Cannaregio. É outro *sestiere*.

— Fica longe daqui?

Ele dá de ombros.

— Vocês precisam cruzar a Ponte degli Scalzi. Andar uns cinco ou dez minutos.

— Você poderia nos levar lá?

O adolescente lança a Gerda um olhar que diz *Por que eu faria isso?*, que não precisa de tradução. Apenas quando ela oferece lhe pagar vinte euros, o rosto dele se ilumina. Então se levanta e guarda o iPod no bolso.

— Vamos lá.

O garoto nos conduz às pressas por ruas cheias de turistas, sua camiseta vermelha desaparecendo e voltando a surgir à nossa frente. A certa altura, quando dobra uma esquina, nós o perdemos totalmente de vista. Então ouvimos o grito de "Ei, moças!" e o avistamos acenando adiante. Ele quer logo ganhar seus vinte euros e fica nos instando a andar, impaciente com as americanas lerdas que não param de se perder nas ruelas abarrotadas.

O outro lado da Ponte degli Scalzi está ainda mais cheio, e somos carregadas pelo mar de gente que sai da estação de trem. A esta altura, já desisti de tentar decorar o caminho e assimilo apenas o redemoinho de cores e barulhos que surgem à minha frente. A menina de rosto bronzeado. A vitrine com máscaras de carnaval. O homem imenso de regata, os ombros peludos. Então o menino se afasta do canal e a multidão míngua até não haver ninguém. Estamos sozinhos quando entramos num beco sombrio, onde os prédios em ruína ficam cada vez mais próximos, como se pendessem para nos esmagar.

O garoto aponta.

— Aqui. É o número onze.

Observo a tinta descascando e a parede vergada, a fachada cheia de rachaduras feito rugas no rosto de uma pessoa idosa. Pelas janelas empoeiradas, vejo cômodos cheios de caixas de papelão e jornal amassado.

— Parece que essa casa está abandonada há muito tempo — avalia Gerda. Ela corre os olhos pelo beco e vê duas senhoras nos observando do vão de uma porta. — Pergunte àquelas mulheres quem é o dono da casa — pede ao adolescente.

— Você me prometeu vinte euros se eu lhes trouxesse aqui.

— Tudo bem. — Gerda lhe entrega o dinheiro. — Agora você poderia, por favor, perguntar a elas?

O menino se dirige às senhoras, o que resulta numa conversa barulhenta, gritada em italiano. As mulheres se aproximam de nós. Uma delas tem o olho esquerdo leitoso de catarata, a outra caminha com uma bengala empunhada com a mão grotescamente deformada pela artrite.

— Elas disseram que um americano comprou a casa no ano passado — anuncia o garoto. — Ele quer abrir uma galeria de arte.

Ambas as mulheres fazem troça do absurdo de alguém querer abrir mais uma galeria em Veneza, uma cidade que é uma obra de arte viva.

— Antes de o americano comprar a casa, quem morava aqui? — pergunta Gerda.

O garoto indica a mulher de bengala.

— A casa foi da família dela por muitos anos. O pai comprou a propriedade depois da guerra.

Pego o livro de músicas ciganas na bolsa. De suas páginas, tiro a folha de *Incendio* e indico o nome do compositor.

— Será que ela já ouviu falar dessa pessoa, L. Todesco?

A mulher de mão artrítica se aproxima e lê o nome. Durante um longo tempo, não diz nada. Toca a página e murmura algo em italiano.

— O que ela disse? — pergunto ao garoto.

— Eles foram embora e nunca mais voltaram.

— Quem?

— As pessoas que moravam na casa. Antes da guerra.

Os dedos tortos subitamente agarram meu braço e me puxam, querendo que eu a acompanhe. Avançamos pelo beco, a bengala estalando no chão. Apesar da idade e da doença, a mulher anda com determinação, dobrando a esquina até uma rua mais movimentada. Percebo que o garoto se foi, nos abandonando, portanto não podemos perguntar aonde estamos indo. Talvez ela tenha nos entendido mal e acabemos na loja de bugigangas da família. A senhora nos conduz ao outro lado da ponte, até uma praça, e aponta com o dedo deformado para uma parede.

Gravada em placas de madeira há uma série de nomes e números: ... GILMO PERLMUTTER 45 BRUNO PERLMUTTER 9 LINA PRANI CORINALDI 71...

— *Qui* — diz a mulher, num murmúrio. — Lorenzo.

É Gerda que vê primeiro.

— Ah, meu Deus, Julia! — exclama. — Aqui está ele!

Ela aponta para o nome gravado entre os demais: LORENZO TODESCO 24.

A senhora me fita com os olhos aflitos e sussurra:

— *L'ultimo treno.*

— Julia, isso é algum tipo de memorial — observa Gerda. — Se estou entendendo bem, explica o que aconteceu aqui, nesta praça.

Embora as palavras sejam italianas, o significado é claro. *Ebraica. Deportati. Fascisti dai nazisti.* Duzentos e quarenta e seis judeus italianos deportados da cidade. Entre eles um jovem chamado Lorenzo Todesco.

Corro os olhos pela praça e vejo as palavras *Campo Ghetto Nuovo.* Agora sei onde estamos: o bairro judeu. Cruzo a praça até outro prédio onde há placas de bronze mostrando cenas da deportação e dos campos de concentração, e me detenho na imagem de um trem derramando um rio de seres humanos condenados na estação. *L'ultimo treno,* dissera a senhora. O trem que levara a família do número onze da Calle del Forno.

Minha cabeça lateja com o calor, e me sinto tonta.

— Preciso sentar — digo a Gerda.

Avanço para a sombra de uma árvore enorme e desabo num banco. Fico massageando a cabeça, pensando em Lorenzo Todesco, que tinha apenas 24 anos. Tão jovem! Sua casa, aquela construção agora decrépita na Calle del Forno, encontra-se a pouquíssima distância de onde estou. Talvez ele tenha descansado à sombra desta mesma árvore, caminhado sobre estas mesmas pedras. Talvez eu esteja agora sentada no mesmo lugar onde a melodia de *Incendio* lhe ocorreu, quando ele contemplava um futuro sombrio.

— O Museu Hebraico fica ali — observa Gerda, indicando um prédio. — Alguém deve falar inglês lá. Vou perguntar se sabem alguma coisa sobre a família Todesco.

Quando Gerda se dirige ao museu, permaneço no banco, minha cabeça fervilhando como se houvesse um milhão de abelhas em meu cérebro. Turistas passam por mim, mas só ouço as abelhas, abafando vozes e passos. Não consigo parar de pensar em Lorenzo, que tinha nove anos a menos do que tenho agora. Penso em mim mesma nove anos atrás. Recém-casada, com a vida inteira pela frente. Eu tinha uma casa confortável, uma carreira que adorava, nenhuma nuvem negra pairando no horizonte. Mas, para Lorenzo, um judeu num mundo enlouquecido, as nuvens negras se fechavam rapidamente.

— Julia? — Gerda voltou. Ao seu lado há uma jovem bonita, de cabelos castanhos. — Essa é a Francesca, curadora do Museu Hebraico. Expliquei a ela por que viemos à cidade. Ela gostaria de dar uma olhada em *Incendio*.

Entrego a partitura à mulher, que franze a testa ao ler o nome do compositor.

— A senhora comprou isto em Roma? — pergunta.

— Encontrei num antiquário. Paguei cem euros pela música — acrescento, envergonhada.

— O papel parece mesmo antigo — reconhece Francesca. — Mas duvido que esse compositor tenha sido da mesma família Todesco que morou aqui em Cannaregio.

— Então você já ouviu falar da família Todesco?

Ela assente.

— Temos material sobre todos os judeus deportados. Bruno Todesco era um *luthier* muito conhecido em Veneza. Acho que tinha dois filhos e uma filha. Vou precisar conferir no arquivo, mas eles moravam na Calle del Forno.

— Esse L. Todesco não podia ser filho dele? A valsa estava dentro de um antigo livro de músicas ciganas que tem o endereço da Calle del Forno escrito no verso.

Francesca sacode a cabeça.

— Todos os livros e documentos da família foram queimados pelos fascistas. Até onde sabemos não restou nada. Se os Todesco conseguiram salvar alguma coisa, tudo teria se perdido depois no campo de concentração para onde foram mandados. Então esta composição — Francesca ergue a partitura de *Incendio* — não deveria nem existir.

— Mas existe — digo. — E paguei cem euros por ela.

Ela continua estudando a folha. Ergue o papel ao sol, atenta às anotações feitas a lápis.

— Esse antiquário em Roma... Chegaram a lhe dizer onde conseguiram a partitura?

— O dono da loja a comprou no leilão dos bens de um homem chamado Capobianco.

— Capobianco?

— Foi o que a neta do dono me informou. — Pego na bolsa as cartas de Anna Maria Padrone, que entrego a Francesca. — O Sr. Capobianco morava na cidade de Casperia. Acho que fica perto de Roma.

Ela lê a primeira carta, depois abre a segunda. De repente, ouço-a suspirar e, quando me encara, algo em seus olhos mudou. A centelha da curiosidade se acendeu.

— O dono da loja foi assassinado?

— Poucas semanas atrás. A loja foi assaltada.

Francesca volta os olhos para *Incendio*. Agora segura a partitura com cuidado, como se o papel tivesse se transformado em algo perigoso. Algo que queimasse, difícil de ser sustentado com as mãos nuas.

— A senhora pode me emprestar esta partitura? Quero que meu pessoal a examine. E as cartas também.

— Seu pessoal?

— Nossos especialistas. Garanto que cuidarão direitinho da partitura. Se ela for tão antiga quanto parece, não deveríamos nem tocá-la. Em que hotel estão hospedadas? Posso lhes telefonar amanhã.

— Temos cópias da música em Boston — diz Gerda, voltando-se para mim. — Não há motivo para não emprestarmos a partitura para que ela seja devidamente examinada.

Olho para *Incendio* e penso em como essa folha de papel trouxe sofrimento à minha vida. Como desestruturou minha família e envenenou o amor que sinto por minha filha.

— Pode ficar com ela — respondo. — Nunca mais quero ver essa porcaria.

Eu deveria sentir alívio com o fato de *Incendio* não ser mais um fardo meu, de a música estar agora nas mãos de pessoas que saberão o que fazer com ela, mas passo a noite acordada, me atormentando com todas as perguntas que permanecem sem resposta. Enquanto Gerda dorme profundamente na cama ao lado, fito a escuridão, imaginando se Francesca vai tentar descobrir a origem da música como prometeu. Ou se a partitura vai ser apenas mais um documento guardado no arquivo do museu para algum futuro especialista avaliar.

Desisto de dormir, me visto no escuro e saio do quarto.

O saguão está a cargo de uma funcionária que ergue os olhos do livro que lê e me cumprimenta com simpatia. Risadas e vozes altas vêm da rua: à uma da manhã, Veneza ainda está fervendo.

Mas não pretendo vagar pela cidade. Aproximo-me da funcionária e pergunto:

— Será que você poderia me ajudar? Preciso encontrar umas pessoas de outra cidade, mas não sei o número de telefone. Existe algum catálogo onde posso procurar?

— Claro. Onde eles moram?

— Numa cidade chamada Casperia. Acho que fica perto de Roma. O sobrenome é Capobianco.

A funcionária se volta para o computador e faz uma busca no que imagino ser as Páginas Amarelas da Itália.

— Existem duas pessoas com o sobrenome. Filippo Capobianco e Davide Capobianco. Qual seria?

— Não sei.

Ela se volta para mim, intrigada.

— A senhora não sabe o nome?

— Só sei que a família mora em Casperia.

— Então vou escrever ambos os números.

Ela anota as informações num papel, que me entrega.

— Será que você poderia...

— Sim?

— Talvez eles não falem inglês, por isso não sei se vou conseguir me comunicar. Será que você poderia telefonar para mim?

— Mas é uma da manhã, senhora.

— Não, amanhã. Se houver algum custo de ligação interurbana, eu pago. Você poderia dar um recado a eles?

A mulher pega outro papel.

— Que recado?

— Diga que meu nome é Julia Ansdell. Estou procurando a família de Giovanni Capobianco. É sobre uma partitura que era dele, de um compositor chamado Lorenzo Todesco.

Ela escreve o recado e me encara.

— A senhora quer que eu ligue para os dois números?

— Sim. Quero me certificar de que encontrei a família certa.

— E se quiserem falar com a senhora? Até quando ficará hospedada aqui, para eu lhe transmitir o recado?

— Vou ficar mais dois dias. — Pego a caneta dela e escrevo o número de meu celular e meu e-mail. — Depois disso, eles podem me encontrar nos Estados Unidos.

A funcionária prende o bilhete à mesa, ao lado do telefone.

— Vou telefonar pela manhã, antes de ir embora.

Sei que é um pedido estranho e fico imaginando se ela telefonará de fato. Não tenho a oportunidade de perguntar, porque, quando passo pela recepção na manhã seguinte, há outra mulher ali, e o bilhete já não se encontra ao lado do telefone. Ninguém deixou nenhum recado para mim. Ninguém além de Rob tentou telefonar para o meu celular.

Detenho-me no saguão, lendo as últimas mensagens de texto de Rob enviadas às duas e às cinco da manhã, horário de Boston. O coitado não está dormindo, e é minha culpa. Penso na noite do parto de Lily, que Rob passou ao meu lado, segurando minha mão, botando compressas de água fria na minha testa. Lembro-me de seus olhos cansados, da barba por fazer, e me pergunto como estará agora. Devo a ele alguma satisfação, por isso escrevo uma mensagem breve: *Por favor, não se preocupe. Preciso fazer isto, depois voltarei para casa.* Aperto o botão ENVIAR e fico imaginando seu alívio ao ver as palavras brotando no celular. Ou será irritação? Ainda sou a mulher que ele ama ou sou apenas o problema de sua vida?

— Aí está você! — exclama Gerda, que acaba de sair do salão do café da manhã. Ela repara no celular na minha mão. — Você falou com Rob?

— Mandei mensagem.

— Ótimo. — Ela se mostra inusitadamente aliviada e, com um suspiro, repete: — Ótimo.

— Alguma notícia de Francesca? Sobre a partitura?

— Ainda é cedo. Precisamos dar um tempo para ela. Enquanto isso, acho que deveríamos passear por esta cidade maravilhosa. O que você gostaria de ver?

— Eu queria voltar a Cannaregio. Ao Ghetto Nuovo.

Gerda titubeia, nitidamente desinteressada em voltar ao bairro judeu.

— Por que não vamos antes a San Marco? — sugere. — Quero fazer umas compras e tomar um Bellini. Estamos em *Veneza*! Vamos ser turistas.

E é exatamente como passamos a maior parte do dia. Olhamos as vitrines das lojas de San Marco, nos juntamos à multidão que visita o Palácio dos Doges e barganhamos por bugigangas que na verdade não quero na movimentada Ponte de Rialto.

Quando cruzamos afinal a ponte de Cannaregio, é fim de tarde, e estou farta de abrir caminho em meio a tanta gente. Embarcamos na relativa tranquilidade do bairro judeu, onde as ruelas já começam a escurecer. Fico tão aliviada de estar longe das aglomerações que, no começo, o silêncio do bairro não me incomoda.

Mas, na metade de um beco, paro de súbito e olho para trás. Não vejo ninguém, apenas uma rua sombria e, no alto, um varal cheio de roupa. Não há nada alarmante, mas minha pele se arrepia, e fico imediatamente alerta.

— O que foi? — pergunta Gerda.

— Achei ter ouvido alguém atrás da gente.

— Não estou vendo ninguém.

Não consigo parar de correr os olhos pelo beco, procurando sinal de movimento. Só vejo a roupa do varal flutuando acima, três camisas desbotadas e uma toalha.

— Não tem ninguém. Vamos — chama ela, avançando.

Não tenho escolha senão acompanhá-la, porque não quero ficar sozinha no beco claustrofóbico.

Voltamos ao Campo Ghetto Nuovo, onde mais uma vez sou atraída pela placa com o nome dos judeus deportados. Ali está ele, Lorenzo Todesco. Embora Francesca tenha dúvida de que ele seja o compositor, estou certa de que *Incendio* é sua. Ver o nome gravado é como ficar frente a frente com alguém que conheço há muito tempo mas só agora descubro quem é.

— Está tarde — anuncia Gerda. — Vamos voltar?

— Ainda não.

Dirijo-me ao Museu Hebraico, que já está fechado. Pela janela, vejo um homem endireitando uma pilha de folhetos. Bato no vidro, e ele sacode a cabeça, indicando o relógio. Quando bato novamente, ele finalmente abre a porta e me encara com uma carranca que diz *vá embora*.

— Francesca está? — pergunto.

— Ela saiu à tarde. Foi se encontrar com um jornalista.

— Ela vem amanhã?

— Não sei. A senhora terá de voltar para perguntar.

Com isso, o homem bate a porta, e ouço o rangido irritado da tranca se fechando.

Nesta noite, Gerda e eu jantamos num restaurante medíocre que escolhemos ao acaso, um dos muitos próximos à Piazza San Marco que servem pizza e massa a turistas que jamais voltarão. Todas as mesas estão ocupadas, e nos sentamos ao lado de uma bronzeada família americana que ri alto e bebe em excesso. Não estou com fome e preciso me obrigar a comer o espaguete à bolonhesa sem gosto esparramado à minha frente como algo ensanguentado.

Gerda se mostra animada ao encher a taça de Chianti.

— Eu diria que cumprimos nossa missão, Julia. Viemos, procuramos e descobrimos. Agora sabemos quem era nosso compositor.

— Francesca parecia incerta.

— O nome é o mesmo, o endereço é o mesmo. A música só pode ser de Lorenzo Todesco. Parece que a família toda morreu, então acho que podemos gravá-la. Quando voltarmos, vamos escrever um arranjo para o quarteto. Tenho certeza de que Stephanie vai criar uma harmonia maravilhosa no violoncelo.

— Não sei, Gerda. Parece errado gravar a valsa.

— Por quê?

— É como se estivéssemos explorando ele. Tirando vantagem de sua tragédia. Existe uma história tão terrível por trás da música que fico imaginando se não estamos pedindo por uma desgraça.

— Julia, é só uma valsa.

— E o homem que me vendeu essa valsa foi assassinado, em Roma. É como se a música deixasse uma maldição sobre todos que se aproximam dela. Até minha filha.

Gerda se mantém em silêncio por um instante. Toma um gole do vinho e deixa a taça sobre a mesa.

— Julia, eu sei que estas últimas semanas foram difíceis para você. Os problemas com Lily. Sua queda na escada. Mas acho que isso não tem nada a ver com *Incendio*. Sim, a música é perturbadora. É complexa, forte. E tem uma história trágica. Mas são só notas numa página, e essas notas precisam ser ouvidas. É assim que honramos Lorenzo Todesco, dividindo sua música com o mundo. Isso lhe dá a imortalidade que ele merece.

— E minha filha?

— O que tem Lily?

— A música a transformou. Eu sei disso.

— Talvez só pareça assim. Quando alguma coisa dá errado, é natural que a gente queira procurar uma explicação, mas talvez a explicação não exista. — Ela põe a mão sobre a minha. — Volte para casa, Julia. Converse com Rob. Vocês precisam resolver isso.

Eu a encaro, mas ela desvia o olhar. Por que tudo mudou de repente entre nós? Se até Gerda se virou contra mim, não tenho mais ninguém ao meu lado.

Ficamos em silêncio ao deixarmos o restaurante e atravessarmos a Ponte da Accademia, de volta ao bairro de Dorsoduro. Apesar de ser tarde, as ruas continuam movimentadas e barulhentas. A noite está quente, e há jovens por toda parte: rapazes escandalosos de camisas largas, meninas despreocupadas de saias curtas e tops, paquerando, rindo, bebendo. Mas Gerda e eu não trocamos uma palavra ao nos afastarmos dessas ruas agitadas, entrando num beco mais tranquilo, em direção ao hotel.

A esta altura, Rob provavelmente já sabe que estou em Veneza. Basta ver nossa conta pela internet para saber que saquei dinheiro num caixa eletrônico da cidade e que acabei de usar o cartão de crédito num restaurante de San Marco. Não há como guardar de um contador esse tipo de segredo: ele é especialista em seguir os rastros do dinheiro. Sinto-me culpada por não retornar as ligações, mas tenho medo do que ele dirá. Temo ouvi-lo dizer que chegou ao limite. Depois de dez anos de casamento, de um ótimo casamento, será possível que eu o tenha perdido?

No fim do beco há a fraca iluminação do letreiro do hotel. Ao nos aproximarmos, ainda penso em Rob, no que direi a ele e em como poderemos sobreviver a isso. Não percebo o homem que está no vão da porta. Então o vulto de ombros largos se afasta do breu e se põe à nossa frente, impedindo nossa passagem.

— Julia Ansdell? — pergunta. Voz grave, sotaque italiano.

Gerda intervém:

— Quem é você?

— Estou procurando a Sra. Ansdell.

— Bem, não é assim que se faz — responde Gerda. — Você está *querendo* assustá-la?

Quando o homem se aproxima de nós, recuo até ficar contra a parede.

— Pare com isso, você a está assustando! — exige Gerda. — O marido dela disse que não seria assim!

O marido dela. Com essas palavras, tudo fica terrivelmente claro. Encaro Gerda.

— Você... Rob...

— Julia, meu amor, ele telefonou hoje cedo, enquanto você estava dormindo. E me explicou tudo. Seu surto, a psiquiatra. Só querem levar você para a clínica. Ele prometeu que seria cuidadoso, mas aí manda esse *idiota*. — Ela se interpõe entre mim e o homem, afastando-o. — Dê o fora daqui! Se o marido dela quiser que Julia volte para casa, vai ter de vir por conta própria...

O tiro me deixa paralisada. Gerda cambaleia para trás, e tento segurá-la, mas ela cai no chão. Sinto seu sangue, quente, escorrendo nos braços.

De repente, a porta do hotel se abre, e ouço dois homens rindo ao saírem para a rua. O bandido se vira para eles, momentaneamente distraído.

É quando fujo.

Corro instintivamente para as luzes, para a segurança da multidão. Ouço outro tiro, sinto o ar soprar no rosto. Dobro a esquina e vejo uma cafeteria adiante, pessoas jantando às mesinhas do lado de fora. Enquanto corro na direção delas, quero gritar para que me ajudem, mas o pânico travou minha garganta, e a voz não sai. Tenho certeza de que o homem continua atrás de mim, por isso sigo correndo. As pessoas me observam quando passo por elas. Mais olhos, mais testemunhas, mas quem se interporá entre mim e a arma?

A Ponte da Accademia é a saída mais imediata de Dorsoduro. Ao cruzá-la, poderei me perder na multidão de San Marco, em sua eterna celebração. E me lembro de ter visto uma delegacia lá.

A ponte está logo adiante. Meu caminho para a segurança.

Estou na metade dela quando alguém me segura. Girando o corpo, estou pronta para cravar as unhas nos olhos do agressor, pronta para lutar por minha vida, mas o rosto que vejo é de uma jovem. É Francesca, do Museu Hebraico.

— Sra. Ansdell, nós estávamos indo encontrá-la. — Ela se detém, estranha minha fisionomia desesperada. — O que houve? Por que está correndo?

Volto os olhos para trás, examinando as pessoas que passam.

— Tem um homem... tentando me matar!

— O quê?

— Ele estava esperando no hotel. Gerda, minha amiga Gerda... — Minha voz se perde enquanto choro aos soluços. — Acho que ela está morta.

Francesca se vira e fala em italiano com o rapaz de barba que está ao seu lado. De óculos e mochila, ele parece um estudioso aluno de pós-graduação. O jovem assente e sai correndo em direção ao hotel.

— Meu colega Salvatore vai ver o que aconteceu com sua amiga — explica ela. — Agora, venha comigo. Precisamos tirá-la daqui.

Lorenzo

16

Dezembro de 1943

Quando você não vê aonde está indo, quando não sabe o destino final, cada hora é uma eternidade.

A noite havia caído e, com todas as persianas fechadas, Lorenzo já não sabia dizer em que direção o trem avançava. Imaginava campinas e plantações do outro lado das janelas, vilarejos com casinhas iluminadas e famílias sentadas em torno da mesa do jantar. Ouviriam elas o distante barulho do trem passando? Deteriam o garfo a caminho da boca imaginando quem estava a bordo? Ou simplesmente continuariam a refeição, porque o que se passava além das paredes de casa não lhes interessava, e, fosse como fosse, não havia o que fazer? O trem, como todos os outros antes dele, seguiria em frente, portanto elas deviam apenas continuar comendo, bebendo e tocando a vida. *Enquanto nós atravessamos o campo como fantasmas na noite.*

Seu braço estava dormente, mas Lorenzo não queria se mexer porque Pia havia dormido com a cabeça em seu ombro. Fazia dias que a irmã não tomava banho e o cabelo comprido estava oleoso. Como Pia tinha orgulho do cabelo! Como gostava de jogá-lo para trás quando um menino bonito passava! Será que algum menino olharia para ela agora, com o cabelo opaco e viscoso, o rosto tão magro e pálido? Os longos cílios projetavam sombras que pareciam hematomas sob os olhos. Ele a imaginou num campo de trabalho, tremendo de frio, cada vez mais magra e fraca. Beijou sua cabeça e, em vez do perfume de rosas de sempre, sentiu o cheiro de suor e sujeira. Com que rapidez o ser humano se reduz a um estado deplorável, pensou. Apenas uns dias sem comida, cama ou banho, e o fogo de todos se apagara, até de Marco, que agora estava encolhido num canto, sem ânimo para nada.

O trem parou de repente. Através das persianas fechadas, Lorenzo viu o brilho das luzes da plataforma.

Pia acordou e voltou os olhos sonolentos para ele.

— Chegamos? Estamos em Fossoli?

— Não sei, meu amor.

— Estou com tanta fome! Por que não nos alimentam? Não está certo nos deixar tanto tempo sem comida.

As portas do trem se abriram, e vozes gritaram:

— *Alle runter! Alle runter!*

— O que estão dizendo? — assustou-se Pia. — Não entendo o que querem que a gente faça!

— Estão nos mandando descer do trem — explicou Marco.

— Então precisamos fazer o que dizem. — Lorenzo pegou o violino e se virou para Pia. — Fique perto de mim. Segure minha mão.

— Mamãe? — gritou Pia, em desespero. — Papai?

— Vai ficar tudo bem, tenho certeza — tranquilizou-a Bruno. — Só não chame atenção, não olhe para ninguém. Só precisamos ser fortes. — O pai conseguiu abrir um sorriso fraco. — E temos de ficar juntos. Isso é o mais importante. Ficarmos juntos.

Pia manteve a cabeça baixa e a mão dada a Lorenzo ao descer do trem, atrás da mãe, do pai e de Marco. Lá fora estava tão frio que o ar que expiravam saía em forma de vapor. Holofotes iluminavam a plataforma, e os detentos semicerravam os olhos, ofuscados pela luz e avançando colados uns aos outros para se manter aquecidos. Comprimidos por todos os lados, empurrados pela multidão, Lorenzo e a irmã eram dois nadadores perdidos num mar de almas assustadas. Pouco atrás, um bebê chorava tão alto que ele não conseguiu ouvir as ordens gritadas do outro lado da plataforma. Apenas quando um guarda começou a separar as pessoas, Lorenzo entendeu que deveriam fazer fila para inspeção. Trêmula, Pia continuava segurando sua mão, com medo de se perder. Lorenzo se virou para Marco, à sua direita, mas o irmão olhava para a frente, de queixo erguido, coluna ereta, como se desafiasse os guardas a intimidá-lo.

Quando os soldados se aproximaram, avançando pela fila de prisioneiros, Lorenzo baixou os olhos. Viu um par de botas engraxadas parar de repente à sua frente.

— Você — ouviu.

Devagar, ele ergueu os olhos, dando de cara com um oficial da SS. O oficial fez uma pergunta em alemão. Lorenzo não entendeu e sacudiu a cabeça, aturdido. O oficial indicou o violino que Lorenzo segurava. Fez a pergunta novamente.

Um guarda italiano se adiantou para traduzir.

— Ele quer saber se o instrumento é seu.

Apavorado com a possibilidade de confiscarem La Dianora, Lorenzo segurou com força o estojo.

— É, sim.

— Você toca violino?

Lorenzo engoliu em seco.

— Toco.

— Que tipo de música?

— Qualquer tipo. O que puserem diante de mim.

O guarda italiano encarou o oficial alemão, que assentiu.

— Venha conosco — ordenou o guarda.

— Minha família também?

— Não. Só você.

— Mas preciso ficar com minha família.

— Eles não têm nenhuma serventia para nós.

O homem acenou para dois soldados, que agarraram os braços de Lorenzo.

— Não. *Não!*

— Lorenzo! — gritou Pia, enquanto o afastavam. — Não levem ele! Por favor, não levem o meu irmão!

Ele se virou, querendo vê-la pela última vez. Viu Pia tentando se desvencilhar de Marco, que a segurava. Viu a mãe e o pai se abraçando em desespero. E foi arrastado por uma escada de concreto e para longe da plataforma.

Ainda cego pelo clarão dos holofotes, não via aonde estava indo, mas ouvia a irmã gritando seu nome.

— Minha família! Por favor, me deixem ficar com a minha família! — implorou.

Um dos soldados bufou.

— Você não quer ir para onde eles vão.

— Para onde eles vão?

— Digamos que você teve sorte.

Os gritos de Pia ficavam cada vez mais fracos à medida que Lorenzo era levado por uma estrada esburacada. Longe dos holofotes, agora conseguia divisar os muros altos à frente. Contra o céu noturno, duas torres agourentas assomavam como gigantes de pedra, e ele sentiu o olhar dos guardas que o observavam do alto ao cruzar o portão.

O grupo atravessou o pátio até um prédio baixo e um dos soldados deu três batidas fortes à porta.

Alguém lá dentro ordenou que eles entrassem.

Empurrado, Lorenzo tropeçou na soleira da porta e quase deixou La Dianora cair no chão. Agachado, sentiu cheiro de cigarro e fumaça de lenha. Ouviu a porta se fechar.

— Imbecis! — ouviu um homem exclamar em italiano. O insulto não se dirigia a Lorenzo, mas aos dois soldados. — Vocês não estão vendo que ele está com um violino? Vou arrancar seu couro se tiverem estragado o instrumento!

Devagar, Lorenzo se levantou, mas estava apavorado demais para fitar o homem que havia falado. Em vez disso, correu os olhos à sua volta. Viu o piso de madeira arranhado, uma mesa com cadeiras, um cinzeiro abarrotado de guimbas. Uma lamparina estava acesa sobre a mesa, onde havia papéis organizados em quatro pilhas.

— O que temos aqui? Olhe para mim.

Por fim, Lorenzo voltou os olhos para o homem e, de repente, não conseguia olhar para mais nada. Viu dois olhos de um azul profundo, em surpreendente contraste com o cabelo negro feito carvão. Eles o fitavam com tamanha intensidade que Lorenzo se sentiu paralisado. O homem irradiava poder e, no uniforme, trazia a terrível insígnia de sua autoridade. Era da SS italiana.

Coronel.

Um dos soldados se manifestou:

— Esse homem alega ser músico.

— E o violino? — O coronel fitou o estojo. — Está em condições de ser tocado? — Ele voltou os olhos para Lorenzo. — Está?

Lorenzo respirou fundo.

— Sim, senhor.

— Abra o estojo. — O coronel indicou a mesa. — Vamos dar uma olhada.

Lorenzo colocou o estojo sobre a mesa. Com as mãos trêmulas, abriu as travas e ergueu a tampa. La Dianora reluzia como âmbar, uma joia aninhada em veludo negro.

O coronel soltou um murmúrio de admiração.

— Onde você arranjou esse instrumento?

— Era do meu avô. E, antes disso, do avô dele.

— Você diz que é músico.

— Sou.

— Prove. Quero ouvi-lo tocar.

As mãos de Lorenzo estavam duras de frio e medo. Ele cerrou os punhos para aquecer os dedos antes de erguer La Dianora. Apesar da longa viagem de trem e da plataforma gelada, o instrumento ainda estava afinado.

— O que o senhor gostaria que eu tocasse?

— Qualquer coisa. Só prove que sabe.

Lorenzo titubeou. O que tocar? Estava indeciso. Levou o arco às cordas e o manteve ali, desejando que as mãos parassem de tremer. Os segundos passavam. O coronel aguardava. Quando o arco começou por fim a deslizar pelas cordas, foi quase por vontade própria, como se La Dianora já não estivesse mais aguentando esperar que ele escolhesse a música. Algumas notas fracas, alguns acordes hesitantes, e, de repente, a melodia ecoou com força, preenchendo o cômodo, fazendo com que o próprio ar vibrasse e a fumaça de cigarro dançasse na penumbra. Ele não precisava de partitura para tocar aquela canção, que estaria para sempre gravada em sua memória.

Era a música que ele e Laura haviam tocado na Ca' Foscari, o dueto que sempre o fazia recordar dos momentos mais felizes de sua vida. Ao tocar, Lorenzo sentia o espírito de Laura ao seu lado, lembrava do vestido de seda preto que ela havia usado naquela noite, a curvatura dos ombros ao abraçar o violoncelo, a maneira como o cabelo caía, revelando a nuca. Tocou como se ela estivesse sentada ao seu lado. Fechou os olhos e de repente tudo desapareceu, exceto Laura. Esqueceu-se de onde estava, esqueceu-se do cansaço, da fome e do medo. Laura era sua força, o elixir que dava vida a suas mãos duras, e cada nota que ele tocava era seu próprio coração clamando pelo coração dela através do tempo, através dos quilômetros de tristeza que os separavam. Seu corpo se movia ao sabor da música, o suor brotando da testa. A sala que antes lhe parecera tão fria agora ardia como uma fornalha, consumida pelo fogo que emanava das cordas. *Está ouvindo, meu amor? Está me ouvindo tocar para você?*

O arco baixou com a última nota. Quando a música se esvaiu, o frio da sala voltou. Exausto, ele baixou a cabeça, os ombros curvados.

Durante algum tempo, ninguém disse nada.

Então o coronel observou:

— Não conheço essa música. Quem é o compositor?

— Sou eu — murmurou Lorenzo.

— É mesmo? *Você* compôs a música?

Lorenzo assentiu.

— É um dueto para violino e violoncelo.

— Então você sabe compor para conjuntos.

— Se estiver inspirado.

— Entendi. Entendi. — O coronel se pôs a andar ao redor dele, como se o avaliasse de todos os ângulos. Virou-se para os dois soldados. — Saiam.

— Devemos esperar do lado de fora, senhor? Não sabemos o que ele pode...

— Você acha que não dou conta de um prisioneiro patético? Sim, podem ficar aí fora se quiserem. Mas saiam. — O coronel aguardou em silêncio, o rosto impassível, até os homens se retirarem da sala. Só quando a porta se fechou, voltou os olhos novamente para Lorenzo. — Sente-se — ordenou.

Lorenzo deixou o violino no estojo e se sentou na cadeira, tão exaurido pela apresentação que as pernas não o sustentariam por muito mais tempo.

O coronel pegou La Dianora e a estendeu contra a luz da lamparina, admirando o brilho da madeira.

— Nas mãos de alguém com menos talento, este instrumento seria um desperdício. Mas, nas suas mãos, ele ganha vida.

O coronel levou o violino ao ouvido e bateu no fundo, escutando a ressonância. Ao devolver La Dianora ao estojo, viu o livro de músicas ciganas guardado na tampa. Pegou o volume e o folheou.

Lorenzo sentiu um aperto no estômago. Se o livro fosse uma coletânea de obras de compositores respeitados como Mozart, Bach ou Schubert, não ficaria apreensivo, mas tratava-se de canções pagãs. Observou o coronel guardar o livro no estojo.

— É da biblioteca do meu avô — Lorenzo tratou de explicar. — Ele é professor de música na Ca' Foscari. Faz parte de seu trabalho colecionar todo tipo de...

— Em relação à música, prefiro não julgar — interrompeu-o o coronel com um aceno de absolvição. — Não sou como esses camisas negras idiotas que queimam livros e destroem instrumentos. Não. Gosto de música, todo tipo de música. Mesmo em meio a esta sordidez, não devemos abandonar o apreço à arte, você não acha?

Com os lábios contraídos, o homem avaliou Lorenzo por um instante. Dirigiu-se ao aparador e retornou com os restos de seu jantar, que deixou diante dele.

— O artista precisa de combustível para criar. Coma — exigiu.

Lorenzo fitou a casca de pão e o molho de ensopado que o frio havia transformado numa camada branca de gordura. Não restava nenhuma carne, apenas uns pedaços de cenoura e cebola, mas, para uma pessoa faminta, aquilo era um banquete. Porém, ele não tocou o prato. Pensou no rosto encovado da irmã. Pensou na mãe, fraca, trêmula de fome.

— Minha família não comeu nada o dia todo — lamuriou-se. — Ninguém no trem comeu. Será que o senhor não poderia dar a eles...

— Você quer ou não? — resmungou o coronel. — Porque, se não quiser, vou dar para os cachorros.

Lorenzo pegou o pão e o ficou segurando por um instante, atormentado pela culpa, mas faminto demais para resistir. Passou-o no molho e o enfiou na boca, soltando um suspiro quando os sabores explodiram na língua. A macia gordura da carne. O doce das cenouras. O leve amargor do pão tostado. Passou o resto da casca no molho e, quando ela acabou, usou os dedos para raspar a gordura, por fim lambendo o prato.

O coronel estava sentado diante dele, fumando um cigarro enquanto o observava com uma expressão que era um misto de diversão e tédio.

— Vou tirar isso daqui antes que você coma a louça — disse, levando o prato para o aparador. — Posso pedir mais.

— Por favor. Minha família também está com fome.

— Você não pode mudar isso.

— Mas o *senhor* pode. — Lorenzo ousou encarar o homem. — Minha irmã só tem 14 anos. Seu nome é Pia. Ela não fez nada de errado. É uma menina boa, generosa, merece viver. E minha mãe não está muito bem, mas é trabalhadora. Todos são.

— Não há nada que eu possa fazer. Aconselho você a parar de pensar neles.

— *Parar* de pensar neles? É minha família! Não é possível para qualquer pessoa...

— Não só é possível, como é *necessário* se quiser sobreviver. Agora me diga: você é um sobrevivente?

Lorenzo fitou os translúcidos olhos azuis e imediatamente entendeu que *aquele* homem era um sobrevivente. Jogado no meio do mar ou numa cova de criminosos, de algum modo ele daria um jeito de sair ileso. Agora o coronel o desafiava a fazer o mesmo, a se livrar de todos os fardos que pudessem afundá-lo.

— Quero ficar com eles — respondeu Lorenzo. — Por favor, não nos separe. Se minha família ficar unida, sei que trabalharemos melhor. Seremos de muita utilidade para o senhor.

— Onde exatamente você acha que está?

— Disseram que estávamos indo para Fossoli.

O coronel resmungou.

— Você não está em Fossoli. Está em San Sabba. É só um campo de trânsito. Daqui, a maioria dos deportados é encaminhada a outros lugares, a menos que satisfaça alguma necessidade especial. Como você.

— Então preciso voltar ao trem antes que ele parta.

— Acredite, é melhor não voltar àquele trem.

— Para onde eles estão indo? Por favor, me diga para onde eles estão indo.

O homem deu uma tragada demorada no cigarro e expirou. Encarando Lorenzo através da fumaça, respondeu:

— O trem vai para o norte. Para a Polônia.

O coronel pôs uma taça de vinho diante de Lorenzo. Serviu a bebida novamente para si e bebeu um gole enquanto observava o prisioneiro sentado do outro lado da mesa.

— Você tem sorte. Deveria agradecer por ficar aqui em San Sabba.

— Minha família... Para que lugar da Polônia eles vão?

— Isso não tem importância.

— Para mim, tem.

O coronel deu de ombros e acendeu outro cigarro.

— Independentemente do campo, vai fazer frio. Mais frio do que você imagina. É só o que posso garantir.

— Minha irmã só tem um casaco fino. E está fraca. Não vai dar conta de nenhum trabalho pesado. Se for designada para algum trabalho feminino, como costurar uniformes, lavar louça... ela ficará bem. Isso pode ser providenciado?

— Você não entende mesmo, não é? O que significa para um judeu ser mandado para a Polônia? E você pode escapar desse destino trabalhando comigo.

— Minha irmã...

— *Esqueça a maldita da sua irmã!*

Lorenzo se assustou com o grito do coronel. No desespero de salvar Pia, havia se esquecido de sua própria fragilidade. Aquele homem podia ordenar sua execução no ato e, a julgar pela fúria que havia em seus olhos, parecia estar considerando a opção. Os segundos transcorriam devagar, Lorenzo já preparado para o golpe de uma bala na cabeça.

O coronel se recostou na cadeira e bebeu outro gole do vinho.

— Sabe, se você cooperar, pode sobreviver. Mas só se cooperar.

Lorenzo engoliu em seco, a garganta seca de medo.

— O que preciso fazer?

— Tocar música, só isso. Como tocou para mim.

O brilho da lamparina projetava sombras funestas no rosto do coronel, e seus olhos emitiam uma luz fria como gelo. Que tipo de criatura era ele? Um oportunista, evidentemente, mas isso não queria dizer nada, nem para bem nem para mal. Que tipo de coração batia por baixo daquele uniforme engomado?

— Para quem vou me apresentar?

— Você vai tocar em qualquer ocasião na qual o comandante queira que haja música. Agora que estamos expandindo Risiera di San Sabba, haverá muitas dessas ocasiões. Na semana passada, chegaram seis oficiais de Berlim. No mês que vem, o próprio Herr Lambert virá supervisionar a obra. Teremos coquetéis, jantares. Visitantes que precisam ser entretidos.

— Então devo tocar para oficiais alemães — concluiu Lorenzo, sem conseguir esconder a aversão na voz.

— Você prefere ser levado para fora e executado no pátio? Porque posso providenciar isso.

Lorenzo engoliu em seco novamente.

— Não, senhor.

— Então vai tocar sempre que o comandante Oberhauser mandar. Fui designado para identificar músicos com talento suficiente para formar um conjunto. Até agora, você é o terceiro. Então temos dois violinistas e um violoncelista, o que já é um começo. Todo trem traz novos candidatos. Talvez no próximo grupo de prisioneiros eu encontre um clarinetista ou um trompista. Já juntamos instrumentos suficientes para suprir uma pequena orquestra.

"Confiscamos" foi o que ele quis dizer, dos muitos infelizes que haviam sido privados de seus bens. Estaria La Dianora destinada ao mesmo fim, se tornando mais um violino anônimo num depósito de instrumentos órfãos? Lorenzo voltou os olhos para ela, temeroso como qualquer pai diante da possibilidade de ter o filho arrancado dos braços.

— Seu instrumento é *excelente* — observou o coronel, exalando uma nuvem de fumaça. — Melhor do que qualquer outro violino da nossa coleção.

— Por favor. Ele era do meu avô.

— Você acha que eu o tomaria? Claro que é você que precisa tocá--lo, porque o conhece melhor! — O coronel se inclinou para a frente, o rosto atravessando o véu de fumaça para vê-lo melhor. — Assim como você, eu sou um artista. Sei como é estar cercado de gente que não aprecia música ou literatura. O mundo enlouqueceu, e a guerra levou os bárbaros ao poder. Precisamos apenas suportá-los e nos adaptar à nova ordem.

Ele fala de adaptação quando só estou tentando me manter vivo.

Mas o coronel lhe oferecera uma pequena esperança de poder sobreviver. Aquele homem era italiano, talvez fosse mais indulgente com seus conterrâneos. Talvez tivesse entrado na SS apenas para se aliar aos poderosos e não fosse nazista de verdade, mas pragmático. Para sobreviver, é preciso pelo menos parecer estar do lado do vencedor.

O coronel se levantou e pegou alguns papéis na mesa. Deixou uma partitura em branco diante de Lorenzo.

— Você vai fazer os arranjos do conjunto. Já que sabe compor.

— Que tipo de música o senhor quer que toquemos?

— Nenhuma dessas canções ciganas, pelo amor de Deus, ou o comandante vai matar você, e eu vou ser mandado para o fronte. Não, eles preferem os velhos conhecidos. Mozart, Bach. Tenho partituras de piano que você pode usar como referência. Vai precisar fazer arranjo para todos os músicos que conseguirmos.

— O senhor disse que só temos dois violinos e um violoncelo. Não chega a ser uma orquestra.

— Então obrigue o segundo violino a tocar o dobro de notas! Por enquanto, você vai ter de se virar com o que temos. — O coronel jogou um lápis para ele. — Prove que é útil.

Lorenzo fitou a partitura, onde as pautas aguardavam para ser preenchidas com notas. Ali, ao menos, havia algo familiar, algo que ele conhecia. A música o ancoraria, o sustentaria. Num mundo enlouquecido, era a única coisa que o ajudaria a manter a sanidade.

— Enquanto estiver aqui em San Sabba, você provavelmente vai testemunhar umas... contrariedades. Aconselho que não veja nada, não ouça nada. Não diga nada. — O coronel tamborilou com os dedos na partitura em branco. — Concentre-se na música. Faça bem seu trabalho, e pode ser que consiga sobreviver a este lugar.

17

Maio de 1944

Tarde da noite, deitado no beliche, Lorenzo ouvia os gritos da Cela Nº 1. Ele nunca sabia quem estava sendo torturado. Nunca via as vítimas. Só sabia que, de uma noite para outra, a voz das pessoas mudava. Às vezes, eram gritos de mulher; outras vezes, de homem. Às vezes, a voz era de um menino ainda no limiar da fase adulta. Se ousasse espiar pela grade da porta, talvez visse aquelas criaturas sendo arrastadas para a primeira porta da esquerda. O coronel italiano o aconselhara a não ver nada, a não ouvir nada, mas como ignorar os berros que vinham da cela de interrogatório? Os gritos podiam ser em italiano, esloveno ou croata, mas, em todas as línguas, o significado era o mesmo: *Não sei! Não posso dizer! Por favor, pare!* Alguns eram guerrilheiros; outros, membros da resistência. Alguns eram infelizes aleatórios que não tinham nenhuma informação e eram brutalizados pelo mero prazer dos torturadores.

Não veja nada. Não ouça nada. Não diga nada. E pode ser que consiga sobreviver.

De algum modo, os cinco colegas de cela de Lorenzo conseguiam dormir em meio aos gritos noturnos. Na parte inferior do beliche, o baterista ressonava com seus resmungos de praxe. Entrariam em seu sono os gritos dos torturados? Como ele conseguia escapar tão facilmente para o santuário dos sonhos? Enquanto Lorenzo seguia acordado, o baterista e os demais dormiam. Dormiam porque estavam exaustos, fracos, e porque a maioria dos seres humanos aprende a suportar quase tudo, até o grito dos flagelados. Não era que o coração deles tivesse endurecido: era porque não podiam fazer nada. E a impotência gera sua própria forma de serenidade.

Vittorio, o violoncelista, soltou um suspiro e se virou na cama. Estaria sonhando com a esposa e as filhas, que vira pela última vez na plataforma ferroviária de San Sabba? Na mesma plataforma em que todos haviam sido escolhidos como músicos e arrancados de seus entes queridos? Ainda agora, meses depois, a ferida deixada por essa separação era tão dolorosa para Lorenzo quanto uma amputação recente. Embora suas famílias quase certamente tivessem morrido, a música mantivera vivos aqueles seis homens despedaçados.

Cada um deles havia sido escolhido a dedo pelo coronel italiano. *Uma orquestra improvisada*, o coronel os denominara, mas o grupo atendia a seu objetivo. Havia Shlomo, o baterista milanês de olhos remelentos, que fora preso com a família quando tentava cruzar a fronteira suíça; Emilio, o segundo violino, que fora surpreendido em Bréscia, na casa de um amigo que foi sumariamente executado por esconder um judeu; Vittorio, o violoncelista, preso em Vicenza, cujo cabelo ficara magicamente branco poucas semanas após chegar a San Sabba; Carlo, o trompista, que já fora gordo e cuja pele flácida agora formava dobras na barriga; e, por fim, Aleks, o violista, músico esloveno de tanto talento que poderia ter entrado para qualquer orquestra do mundo, mas estava ali, na filarmônica dos condenados, uma sombra de homem que tocava com dedos mecânicos e olhos vazios. Aleks nunca falava de sua família nem de como fora parar em San Sabba. Lorenzo não perguntava.

Já tinha seus próprios pesadelos.

Na Cela Nº 1, os gritos ficaram tão agudos que Lorenzo tapou os ouvidos, desesperado para abafar o som. Manteve-os tapados até os berros sumirem e ele só ouvir as batidas de seu coração. Quando finalmente ousou afastar as mãos, escutou o conhecido rangido da porta da cela e o barulho do corpo do prisioneiro sendo arrastado para o pátio.

Ele sabia qual era seu destino.

Três meses antes, começara a obra no prédio que ficava de frente para o pavilhão de celas. Embora tivesse sido aconselhado a não ver nada, a não ouvir nada, Lorenzo era incapaz de ignorar todos os caminhões que chegavam trazendo material. Nem podia deixar de notar a equipe de operários berlinenses, conduzida pelo arquiteto alemão que não parava de andar pelo campo gritando ordens. No começo, nenhum dos músicos sabia o que construíam: a obra acontecia em outro prédio, fora de vista. Lorenzo deduziu que estavam fazendo mais um pavilhão de celas para abrigar a enxurrada de novos prisioneiros. Toda semana era uma quantidade tão grande de homens, mulheres e crianças que chegavam de trem que, às vezes, eles passavam dias no pátio, tremendo de frio, à espera de transporte para o norte. Sim, fazia sentido um novo pavilhão de celas.

Então ele começou a ouvir boatos dos prisioneiros que haviam sido recrutados para levar tijolos e argamassa à nova estrutura, desprovida de janelas. Eles tinham visto um túnel subterrâneo que dava numa chaminé. Não, não se tratava de um novo pavilhão de celas, lhe contaram. Aquilo era outra coisa. Algo sobre cuja finalidade podiam apenas especular.

Numa manhã fria de abril, Lorenzo viu fumaça subindo daquela chaminé pela primeira vez.

Um dia depois, os prisioneiros que haviam trabalhado no prédio, os mesmos que haviam lhe contado o que tinham visto, foram encaminhados para lá. Não voltaram. Na manhã seguinte, da chaminé subia um fedor estranho impossível de ser ignorado. Ele se prendia à roupa, ao cabelo, entrava pelo nariz, pela garganta, enchendo os pulmões. Tanto os prisioneiros quanto os guardas eram obrigados a respirar os mortos.

Não veja nada. Não ouça nada. Não diga nada. É assim que se sobrevive.

Todos tapavam os ouvidos aos gritos da Cela Nº 1 e aos tiros de execução que vinham do outro lado do muro. Mas havia um som que ninguém conseguia abafar, um som tão terrível que fazia até os guardas contraírem o rosto. Alguns prisioneiros que eram levados ao forno não estavam mortos de fato, apenas desorientados pelo que deveria ter sido um tiro fatal, e eram jogados vivos nas chamas. Os soldados ligavam o motor dos caminhões ou incitavam os cães a latir, mas essas distrações não bastavam para ocultar os gritos que volta e meia vinham da monstruosa máquina de fazer fumaça.

Para abafar o lamento dos mortos, exigia-se que a pequena filarmônica dos condenados de San Sabba tocasse no pátio.

E, assim, toda manhã, Lorenzo e seu grupo pegavam os instrumentos e estantes de partitura e deixavam o pavilhão. Ele já perdera a conta de quantas semanas haviam se passado desde que chegara ali, mas, no último mês, notara o gradual esverdeamento das trepadeiras que subiam pelos prédios e, poucas semanas antes, vira minúsculas florezinhas brancas brotarem nas rachaduras entre as pedras. Até em San Sabba a primavera havia chegado. Ele imaginava flores silvestres vicejando além dos muros e arames farpados, e ansiava pelo cheiro de terra, mato e madeira, mas ali no campo só havia o fedor do cano de descarga dos caminhões, de esgoto e da fumaça das chaminés.

Desde o raiar do dia, rodadas e mais rodadas de tiros soavam além do muro. Agora, o primeiro caminhão chegava ao campo, trazendo a colheita resultante do tiroteio matutino.

— Mais lenha para a fogueira — anunciou o coronel italiano quando o caminhão parou no pátio, para descarregar. Uma nova saraivada de tiros irrompeu além do muro, e ele se voltou para a orquestra. — O que vocês estão esperando? Comecem!

Eles não tocavam leves minuetos ou melodias tranquilas, porque a finalidade da música não era entreter. Era disfarçar e distrair, e, para isso, precisavam de uma marcha alta ou música dançante, tocada em volume máximo. O coronel italiano andava pelo pátio, instando os músicos a tocar mais alto. Mais alto.

— Não só forte, mas fortíssimo! Mais bateria, mais trompa!

A trompa ecoava, a bateria retumbava. Os quatro instrumentistas de cordas tocavam com o máximo possível de ímpeto, até o braço do arco tremer, mas não era o bastante. Jamais seria o bastante para esconder os horrores do prédio da chaminé.

O primeiro caminhão se foi. O segundo surgiu, tão carregado que afundava nos eixos. Ao avançar para o pátio, parte do carregamento escorregou pela aba da lona, caindo no chão de pedras com um baque repugnante.

Lorenzo fitou o crânio afundado do homem, os membros nus, a carne emaciada. *Mais lenha para a fogueira.* A trompa de repente se calou, mas a bateria prosseguiu, o ritmo de Shlomo inalterado pela visão do cadáver. Os instrumentos de corda também continuaram, mas o arco de Lorenzo tremia e as notas fugiam ao tom, os dedos entorpecidos com o horror do que se achava a seus pés.

— Toque! — O coronel deu um tapa na nuca do trompista. — Estou mandando *tocar*!

Depois de algumas vãs tentativas de obedecer, Carlo recuperou o controle da respiração, e agora todos tocavam juntos outra vez, mas não alto o suficiente para satisfazer o coronel. Ele ficava andando de um lado para outro, gritando:

— Forte, forte, *forte*!

Lorenzo deslizava o arco com fúria pelas cordas, tentando se manter concentrado na partitura, mas o cadáver o fitava, e ele viu que os olhos eram verdes.

Dois soldados saltaram do caminhão para pegar a carga perdida. Um deles atirou no chão a guimba do cigarro que vinha fumando, apagou-a com a bota e se agachou para segurar os tornozelos do homem morto. O colega dele segurou os pulsos, e, juntos, os dois jogaram o cadáver de volta no caminhão, com a mesma naturalidade com que jogariam um saco de farinha. Para eles, um corpo despencando do veículo não valia nem uma pausa na conversa. E por que valeria, quando havia tantos caminhões como aquele chegando, dia após dia, com a mesma carga terrível? O açougueiro que corta inúmeras carcaças não pensa em doces cordeirinhos: vê apenas a carne. Exatamente como os soldados que transportavam a carga diária de cadáveres só viam mais combustível para o incinerador.

E, em meio a tudo isso, a pequena orquestra de San Sabba tocava. Em meio ao rugido dos caminhões, ao latido dos cães, ao *staccato* dos tiros distantes. Em meio aos gritos que vinham do forno. Sobretudo, dos gritos. Os instrumentistas tocavam até os sons finalmente sucumbirem, até os caminhões se afastarem vazios e a fumaça fétida subir da chaminé. Tocavam para não ter de ouvir, pensar ou sentir, concentrados apenas na música. Mantenham o ritmo! Não se distraiam! Ainda estamos afinados? Não se preocupem com o que acontece naquele prédio. Apenas mantenham os olhos na partitura, o arco deslizando nas cordas.

E quando o suplício do dia terminava, quando finalmente tinham autorização para parar de tocar, eles estavam exaustos demais para se levantar. Permaneciam sentados com o instrumento baixo, a cabeça curvada, até os guardas exigirem que se pusessem de pé. Aí voltavam para a cela, em silêncio. Os instrumentos já haviam falado por todos, e não havia mais nada a dizer.

Até o anoitecer, quando eles ficavam acordados no beliche, envoltos na penumbra, e conversavam sobre música. Por mais que pudessem divagar, a conversa sempre voltava à música.

— Hoje não estávamos em sintonia — observou Emilio. — Que espécie de músicos somos se não conseguimos ficar em sintonia?

— Quem define o ritmo é o baterista. Vocês não me ouvem — resmungou Shlomo. — Deveriam acompanhar a *minha* batida.

— E como poderíamos? Com essa trompa ribombando nos nossos ouvidos?

— Então agora é culpa *minha* vocês não saberem manter o ritmo? — disse Carlo.

— Ninguém consegue ouvir nada além da droga da sua trompa. No fim do dia, estamos todos surdos.

— Eu toco as notas exatamente como elas estão escritas. Não venham me culpar se é *forte, forte, forte*. Se não aguentam, tapem os ouvidos!

E assim as conversas noturnas seguiam, sempre sobre música, nunca sobre o que eles tinham visto ou ouvido no pátio aquele dia. Nunca sobre os caminhões e sua carga, nem sobre a fumaça que se desprendia da chaminé. Nunca sobre o verdadeiro motivo de eles saírem do pavilhão todos os dias com seus instrumentos e estantes de partitura. Não se deve pensar nessas coisas. Não, melhor bloquear esses pensamentos e se aborrecer com a falta de ritmo no segundo movimento, e por que Vittorio sempre se adianta, e por que eles sempre precisam tocar *Danúbio azul*. As mesmas reclamações que se ouviriam em auditórios e clubes de jazz do mundo todo. A morte podia estar à espreita na coxia, mas eles ainda eram músicos. Era isso que os sustentava. Era o que tinham para afastar os horrores da guerra.

Mas, tarde da noite, quando cada homem ficava sozinho com seus pensamentos, o medo sempre surgia. Como poderia não surgir, quando novos gritos irrompiam da Cela Nº 1? Rápido, tape os ouvidos! Cubra a cabeça com o cobertor e pense em outra coisa, qualquer coisa!

Laura. Esperando por mim.

Era a isso que Lorenzo sempre recorria: Laura, sua luz na escuridão. Uma imagem vívida brotou em sua mente: ela sentada à janela, a cabeça curvada sobre o violoncelo, o sol reluzindo em seu cabelo. O arco desliza sobre as cordas. As notas vibram no ar e grãos de poeira tremulam feito estrelas em torno de sua cabeça. Ela toca uma valsa, balançando-se com o ritmo, o violoncelo colado ao seio como um amante. Qual era a música? Ele parecia reconhecê-la, mas não exatamente. Tom menor. Uma melodia graciosa. Um arpejo irrompe de repente em doloroso crescendo. Ele se esforçou para ouvir, mas o som lhe vinha fragmentado, interrompido pelos gritos.

Lorenzo acordou, os últimos tentáculos do sonho ainda à sua volta, como braços afetuosos. Ouviu o ronco dos caminhões e a marcha de botas no pátio. Mais uma alvorada.

A música. Qual era a valsa que Laura estava tocando no sonho? Desesperado para escrevê-la antes que se perdesse para sempre, pegou debaixo do colchão o lápis e uma partitura. Quase não havia luz suficiente na cela para enxergar as notas que escrevia nas pautas. Ele escrevia rápido para botar tudo no papel antes que a melodia desaparecesse. Uma valsa em mi menor. Arpejo em sol. Escreveu os dezesseis primeiros compassos e soltou um suspiro de alívio.

Sim, essa era a melodia básica, o esqueleto sobre o qual a valsa se formava. Mas a música tinha mais, muito mais.

Ele escrevia cada vez mais rápido, até o lápis parecer correr pelo papel. A melodia acelerava, notas se amontoando, até as pautas estarem tomadas. Virou a página, ainda ouvindo a música, nota após nota, compasso após compasso. Escrevia tão furiosamente que a mão ficou dormente e o pescoço doía. Não notou a luz do dia entrando pela grade. Não ouviu o estalo dos beliches quando os colegas de cela acordaram. Só ouvia a música, a música de Laura, dolorosa, arrebatadora. Quatro dos compassos estavam errados: ele os apagou e corrigiu. Agora só restavam duas pautas em branco. Como a valsa terminava?

Ele fechou os olhos e novamente imaginou Laura. Viu seu cabelo reluzindo ao sol. Viu o arco hesitar num instante de silêncio, antes de atacar o instrumento numa impetuosa corda dupla. O que antes era uma música frenética desacelerava nos acordes graves de um hino fúnebre. Não havia nenhum floreio dramático no fim, nenhuma volata deslumbrante. Eram apenas três notas melancólicas, em surdina, a se perder no silêncio.

Ele baixou o lápis.

— Lorenzo — chamou Carlo. — O que você está escrevendo? Que música é essa?

Ele ergueu a cabeça e encarou os outros músicos.

— É uma valsa — respondeu. — Para os mortos.

Julia

18

Depois da barulheira de San Marco, a rua estreita à qual Francesca me traz é de um silêncio assustador. A esta hora da noite, os turistas raramente se aventuram a este canto remoto do bairro de Castello, e o ruído da chave dela girando na fechadura me parece perigosamente alto. Entramos num vestíbulo escuro, e fico ali parada, desnorteada, enquanto ela se desloca pela sala, fechando cortinas, vedando qualquer contato com a rua. Só quando as janelas estão cobertas, acende uma pequena luminária. Eu tinha imaginado que estávamos em sua casa, mas, quando corro os olhos pela sala, vejo móveis de brocado, panos de mesa rendados e um abajur cheio de rufos. Não são as preferências decorativas de praxe de uma jovem.

— É o apartamento de minha avó — explica Francesca. — Ela está passando a semana em Milão. Vamos esperar aqui até Salvatore voltar.

— Precisamos telefonar para a polícia.

Abro a bolsa, que de algum modo consegui manter comigo durante a fuga desesperada por Dorsoduro. Quando pego o celular, ela segura meu braço.

— Não podemos ligar para a polícia — murmura.

— Minha amiga levou um tiro! É claro que precisamos ligar!

— Não podemos confiar neles. — Francesca pega meu celular e me conduz ao sofá. — Por favor, Sra. Ansdell. Sente-se.

Eu afundo no sofá desbotado. De repente, não consigo parar de tremer e abraço a mim mesma. Só agora que estou num lugar seguro me permito desabar. Quase me sinto desintegrar.

— Não entendo. Não entendo por que ele quer me matar.

— Acho que posso explicar — diz Francesca.

— Você? Mas você nem conhece meu marido!

Ela franze a testa.

— Seu marido?

— Ele mandou aquele homem atrás de mim. Para me matar. — Enxugo as lágrimas do rosto. — Ah, meu Deus, isso não pode estar acontecendo.

— Não, não, não. Isso não tem nada a ver com o seu marido. — Ela segura meus ombros. — Escute o que tenho a dizer. Por favor, me escute.

Fito seus olhos, tão intensos que quase sinto o calor que emana deles. Francesca se senta numa poltrona, de frente para mim, e durante alguns instantes permanece em silêncio, considerando as próximas palavras. Com o cabelo preto sedoso e sobrancelhas arqueadas, a mulher bem poderia ser um retrato renascentista. Uma madona de olhos castanhos com um segredo para contar.

— Ontem à tarde, depois que a senhora deixou a partitura comigo, dei alguns telefonemas — começa ela. — Primeiro, para um jornalista que conheço. Ele confirmou que o Sr. Padrone foi de fato assassinado durante o que parece ter sido um assalto ao antiquário. Depois telefonei para um contato meu em Roma, uma mulher que trabalha para a Europol, a polícia da União Europeia. Não faz nem uma hora ela retornou minha ligação com informações preocupantes. Disse que, apesar de o Sr. Padrone ter morrido durante um assalto, foi um assalto bastante estranho. O dinheiro e as joias guardados na loja permaneceram intocados. A única coisa que encontraram remexida foi a estante de partituras e livros antigos, mas ninguém sabe se roubaram algum volume. Então ela me contou o detalhe mais alarmante de todos: a forma como o Sr. Padrone foi assassinado. Duas balas na nuca.

Eu a encaro.

— Isso está me parecendo uma execução.

Francesca assente, em desalento.

— São essas as pessoas que querem matar você.

É uma declaração casual, dita com a mesma tranquilidade com que se poderia dizer: "E é por isso que o céu é azul."

Sacudo a cabeça.

— Não, não pode ser. Por que iriam querer me matar?

— A valsa. Eles agora sabem que a senhora comprou a partitura na loja. Sabem que anda fazendo perguntas sobre o compositor e a origem da música. Foi por isso que o Sr. Padrone foi assassinado, porque tentou descobrir as respostas. Ele falou com as pessoas erradas e fez perguntas perigosas.

Incendio. Sempre voltamos à valsa.

— Você sabe a resposta? — pergunto, em voz baixa. — Qual é a origem da música?

Francesca respira fundo, como se o que está prestes a me contar fosse uma história longa e difícil.

— Acho que *Incendio* foi de fato composta por Lorenzo Todesco, que nasceu e viveu na Calle del Forno, até ser preso pela SS. Ele, os pais, a irmã e o irmão estavam entre os duzentos e quarenta e seis judeus que foram deportados de Veneza. De toda a família Todesco, apenas Marco sobreviveu. Morreu uns dez anos atrás, mas temos a transcrição de uma entrevista dele no arquivo do museu. Ele descreveu a noite em que a família foi presa, a deportação e o trem que os levou ao campo de extermínio na Polônia. Disse que o irmão foi separado deles em Trieste, quando os guardas descobriram que Lorenzo era músico.

— Ele foi separado por causa *disso*?

— Lorenzo foi um dos músicos selecionados para permanecer em Risiera di San Sabba, também chamado Stalag 339. No começo, o lugar era usado como campo de trânsito e centro de detenção para italianos. Mas, como havia muitos prisioneiros passando por Trieste, o sistema ficou sobrecarregado, e o objetivo de San Sabba mudou. Em 1944, os alemães construíram no campo uma estrutura para eliminar as pessoas executadas.

— Para eliminar — sussurro. — Você quer dizer...

— Um crematório. O forno foi criado pelo próprio Erwin Lambert, o arquiteto das câmaras de gás nos campos de extermínio poloneses. Milhares de prisioneiros políticos, guerrilheiros e judeus foram executados em San Sabba. Uns morriam como consequência das torturas. Outros levavam tiros, eram asfixiados com gás ou assassinados a golpes de cassetete na cabeça. — Num murmúrio, ela acrescenta: — Os mortos eram os que tinham sorte.

— Por que você diz isso?

— Porque, depois da execução, vinha o crematório. Se, por acaso, a pessoa sobrevivia aos tiros, ao gás ou golpe de cassetete, ela era jogada no forno ainda viva. — Francesca se detém e o silêncio aumenta o impacto da declaração que vem a seguir: — Os gritos daqueles que eram queimados vivos eram ouvidos por todo o campo.

A repulsa me deixa muda. Não quero ouvir mais nada. Estou paralisada, olhando nos olhos de Francesca.

— Dizem que os gritos eram tão terríveis que nem o comandante nazista suportava. Para abafar o som, e também o ruído dos tiros, ele exigia que tocassem música no pátio. Designou um oficial italiano da SS, o coronel Collotti, para essa função. Em muitos sentidos, foi uma escolha lógica. Collotti se considerava um homem refinado. Adorava sinfonias. Colecionava partituras desconhecidas. Criou uma orquestra composta de prisioneiros. Selecionou pessoalmente os instrumentistas e escolhia as músicas que deveriam tocar. Entre as obras de praxe, havia uma valsa, composta por um dos prisioneiros. Depois da guerra, quando depunha em audiência, um guarda disse que a valsa era assombrosa, que tinha um desfecho diabólico. Era a música preferida de Collotti, que pedia que eles tocassem sempre. Para milhares de prisioneiros condenados que marchavam para a morte, a valsa foi a última música que ouviram.

— *Incendio*. Fogo.

Francesca assente.

— O fogo do crematório.

Estou tremendo de novo, sentindo tanto frio que meus dentes batem. Francesca desaparece na cozinha e retorna instantes depois com uma xícara de chá quente. Mesmo quando bebo, não consigo afastar o frio. Agora sei que a valsa é de fato assombrada, pelas milhares de almas apavoradas que a ouviram quando emitiam o último suspiro. É uma música para a morte.

Levo algum tempo reunindo coragem para a pergunta seguinte:

— Você sabe o que aconteceu com Lorenzo Todesco?

Ela assente.

— Antes de fugir, os alemães explodiram o crematório. Mas deixaram para trás um arquivo meticuloso, por isso sabemos os nomes dos prisioneiros e seu destino. Em outubro de 1944, Lorenzo Todesco e os outros músicos marcharam para sua própria execução. Os corpos foram jogados no forno.

Permaneço em silêncio, a cabeça baixa, lamentando por Lorenzo, por aqueles que morreram com ele, por todos que pereceram no inferno da guerra. Lamento as músicas que nunca foram compostas, as obras-primas que nunca ouviremos. A única coisa que nos restou foi uma valsa, escrita pelo homem que compôs a trilha sonora de sua própria sina.

— Então agora sabemos a história de *Incendio* — concluo.

— Não completamente. Ainda falta uma questão importante. Como a partitura saiu do campo de extermínio de San Sabba e foi parar no antiquário do Sr. Padrone?

Olho para ela.

— Isso é mesmo importante?

Francesca se inclina para a frente, os olhos ávidos.

— Pense bem. Sabemos que ela não veio com os músicos, que morreram. Portanto, só pode ter sido salva por um guarda ou oficial da SS que fugiu antes de ser preso.

Ela inclina a cabeça para o lado, me observando. Esperando que eu estabeleça as conexões.

— A partitura estava entre os bens de Giovanni Capobianco.

— Exatamente! E o sobrenome *Capobianco* é como um sinal de alerta. Pedi à minha amiga da Europol para investigar o passado desse finado Sr. Capobianco. Sabemos que ele chegou a Casperia por volta de 1946, onde morou até a morte, catorze anos atrás, aos 94 anos. Ninguém na cidade sabia sua origem, e dizem que era um homem muito reservado. O Sr. Capobianco e a esposa, que morreu alguns anos antes dele, tiveram três filhos. Quando ele morreu, a família vendeu a maior parte de seus bens, inclusive muitos livros de música e excelentes instrumentos. Era de conhecimento geral que o Sr. Capobianco adorava sinfonias. Também é um homem sobre o qual não conseguimos achar nenhuma informação. Até seu misterioso aparecimento em 1946.

Colecionava partituras. Adorava sinfonias. Encaro Francesca.

— Ele era o coronel Collotti.

— Tenho certeza. Assim como os outros oficiais da SS, Collotti fugiu de San Sabba antes da chegada dos aliados. As autoridades o procuraram sem jamais encontrá-lo, sem jamais poder fazer justiça. Acho que ele se tornou o Sr. Capobianco, viveu tranquilamente até a velhice e foi para o túmulo com seu segredo intacto. — A voz dela transmite raiva. — E eles vão fazer o que puderem para que isso continue assim.

— O homem está morto. Que importância teria esse segredo agora?

— Ah, o segredo tem muita importância para algumas pessoas. Pessoas poderosas. É por isso que Salvatore e eu fomos falar com a senhora hoje. Para adverti-la. — Ela pega na bolsa um jornal italiano, que abre sobre a mesinha de centro. Na primeira página há a fotografia de um homem bonito de seus 40 anos, cumprimentando várias pessoas. — Esse sujeito é uma das estrelas ascendentes da política italiana e provavelmente vai ganhar a próxima eleição parlamentar. Muita gente acha que será nosso primeiro-ministro. Há anos a família o prepara para essa posição. Depositou todas as esperanças nele e no que pode fazer por seus negócios. Seu nome é Massimo Capobianco. — Francesca observa meu rosto perplexo. — Que agora parece ser neto de um criminoso de guerra.

— Mas não foi *ele* que cometeu crimes de guerra. Foi o avô.

— E ele sabia do passado do avô? A família o escondeu durante todos esses anos? Este é o escândalo: como a família Capobianco, talvez o próprio Massimo, *reagiu* à ameaça de exposição. — Ela me encara. — Pense no assassinato do Sr. Padrone. Talvez tenha sido para impedir que o segredo da família fosse revelado.

O que me torna responsável pela morte do homem. A meu pedido, o Sr. Padrone perguntou à família Capobianco como o avô falecido havia conseguido uma valsa obscura, de um compositor de Veneza. Quanto tempo eles levaram para descobrir que L. Todesco era um judeu que havia morrido em Risiera di San Sabba? Que a simples existência da partitura provava que o Sr. Capobianco *também* estivera naquele mesmo campo de extermínio?

— Acho que foi por isso que a atacaram — observa Francesca. — De algum modo, a família Capobianco ficou sabendo que a senhora está aqui, em Veneza.

— Eles ficaram sabendo porque eu disse a eles — murmuro.

— O quê?

— Pedi à recepcionista do hotel que ligasse para a família Capobianco para perguntar sobre a partitura. Deixei meu nome e informações de contato.

Francesca sacode a cabeça.

— Agora é mais importante que nunca mantê-la escondida.

— Mas é *você* que está com a partitura. É você que está com o original. Eles não têm nenhum motivo para vir atrás de mim.

— Têm, sim. A senhora é testemunha. Pode depor dizendo que comprou a partitura na loja do Sr. Padrone. E a carta de Anna Maria deixa claro que o Sr. Padrone comprou a música do Sr. Capobianco. A senhora é o elo fundamental da cadeia de provas que levam à família. — Ela se inclina para a frente, a fisionomia determinada. — Eu sou judia, Sra. Ansdell. Salvatore também. Hoje, somos poucos na cidade, mas os fantasmas continuam aqui, à nossa volta. Agora podemos dar descanso a um deles. Ao fantasma de Lorenzo Todesco.

Alguém bate à porta, e eu me assusto.

— O que vamos fazer? — sussurro.

— Abaixe-se. E permaneça abaixada.

Francesca apaga o abajur, deixando-nos no breu. Deito-me no chão e fico sentindo o coração bater contra o tapete enquanto ela avança pela sala. Junto à porta, grita em italiano. Um homem responde.

Com um suspiro de alívio, ela abre a porta para deixá-lo entrar e, quando a luz se acende novamente, vejo Salvatore. Também vejo, pela expressão de seu rosto, que não sou a única que está com medo. Ele fala rápido com Francesca, que traduz para mim.

— Salvatore está dizendo que três pessoas foram baleadas em frente ao hotel. Um homem morreu, mas sua amiga ainda estava viva quando a levaram para o hospital.

Penso nos dois homens desafortunados que saíram do hotel, atrapalhando o que deveria ter sido meu assassinato. E penso em Gerda, que pode estar agora entre a vida e a morte.

— Preciso ligar para o hospital.

Mais uma vez, Francesca me detém.

— É perigoso.

— Preciso saber como está minha amiga!

— A senhora *precisa* ficar escondida. Se alguma coisa lhe acontecer, se não puder testemunhar contra eles, nossa cadeia de provas se rompe. Foi por isso que Salvatore propôs uma alternativa.

Ele abre a mochila que trouxe consigo. Imagino que haja uma arma ali, para nos defender. Mas ele pega uma filmadora e um tripé, que se põe a armar na minha frente.

— Precisamos gravar seu depoimento — explica ela. — Se alguma coisa acontecer com a senhora, pelo menos teremos...

Francesca para de falar, ao se dar conta de como deve estar soando fria e calculista.

Termino a frase por ela:

— Vocês terão meu depoimento registrado.

— Por favor, entenda: a senhora é uma ameaça para uma família muito poderosa. Precisamos nos preparar para todas as possibilidades.

— Eu entendo.

Entendo que aqui, finalmente, há uma possibilidade de luta. Durante muito tempo tentei enfrentar, em vão, uma ameaça desconhecida. Agora sei quem é o inimigo e tenho o poder de derrotá-lo. É algo que apenas eu posso fazer. Essa ideia me tranquiliza, e respiro fundo. Endireito-me no sofá e olho para a câmera.

— O que devo dizer?

— Por que a senhora não começa pelo seu nome e endereço? Diga quem é e como acabou comprando a partitura na loja do Sr. Padrone. Conte o que a neta dele escreveu. Conte tudo.

Tudo. Penso no que eles ainda não sabem. Sobre como a música transformou minha filha, sobre como agora tenho medo dela. Sobre a psiquiatra que quer me internar num hospital. Sobre meu marido, que acha que sou louca por acreditar que *Incendio* trouxe o mal à nossa família. Não, essas são coisas que não vou contar, embora seja tudo verdade. *Incendio realmente* carrega uma maldade consigo, algo que invadiu minha casa e roubou minha filha. O único jeito de lutar contra isso é expor sua história terrível.

— Estou pronta — anuncio.

Salvatore aperta o botão de gravar. Uma luzinha vermelha se acende na filmadora, como um olho maligno.

Falo com calma e clareza:

— Meu nome é Julia Ansdell. Tenho 33 anos e sou casada com Robert Ansdell. Nós moramos na rua Heath, 4.122, em Brookline, Massachusetts. No dia 21 de junho, visitei o antiquário de um homem chamado Stefano Padrone, em Roma, onde comprei uma partitura chamada *Incendio*, composta por L. Todesco...

O olho vermelho da filmadora começa a piscar. Enquanto Salvatore procura outra bateria, continuo falando. Sobre minha procura pela identidade de Lorenzo. Sobre como fiquei sabendo da morte do Sr. Padrone. Sobre...

19

Ouço minha respiração ofegante. Sinto o cheiro de meu próprio medo. Estou correndo num beco escuro. Não me lembro do que houve nem de como fugi do apartamento. Não me lembro do que aconteceu com Francesca ou Salvatore. A última coisa de que me recordo é estar sentada diante da câmera e da luzinha vermelha da filmadora piscando. Com certeza algo terrível aconteceu, algo que deixou meu braço sangrando e minha cabeça latejando. Estou perdida numa região que não conheço.

E alguém me segue.

De algum lugar adiante vem uma música alta, uma batida forte, primitiva. Onde há música há pessoas em meio às quais posso me esconder. Dobro a esquina e vejo uma boate movimentada, gente do lado de fora em torno de mesinhas altas. Mas, mesmo aqui, sou um alvo fácil. Meu perseguidor pode simplesmente me dar um tiro pelas costas e desaparecer sem ser visto.

Abro caminho pela multidão, ouço o grito ultrajado de uma mulher quando derrubo sua bebida. O copo se estilhaça no chão, mas sigo correndo. Atravesso uma *piazza* movimentada, paro e olho para trás. Tem tanta gente que, a princípio, não sei se ainda estou sendo seguida. Então vejo um homem de cabelo castanho avançando em minha direção como um robô. Nada é capaz de detê-lo.

Dobro outra esquina e vejo uma placa indicando que a Piazza San Marco fica à esquerda. O local é o ponto de referência para os visitantes de Veneza, onde há gente a qualquer hora do dia e da noite. É exatamente para onde ele imagina que fugirei.

Viro à direita e me escondo no vão de uma porta. Ouço passos dobrarem a esquina e se afastarem. Em direção a San Marco.

Dou uma espiada e vejo que a rua está vazia agora.

Vinte minutos depois, encontro um portão aberto e entro num jardim onde a penumbra tem o cheiro de rosas e tomilho. A luz que vem da janela do andar superior da propriedade é suficiente para que eu veja a mancha de sangue em minha blusa. Meu braço esquerdo está cheio de cortes. Estilhaços de vidro? Uma explosão? Não lembro.

Quero voltar ao apartamento para ver se Francesca e Salvatore estão vivos e pegar minha bolsa, mas sei que não é seguro. Tampouco ouso voltar ao hotel onde Gerda foi baleada. Não tenho malas nem bolsa, cartão de crédito ou celular. Em desespero, reviro os bolsos em busca de dinheiro, mas só encontro algumas moedas e uma nota de cinquenta euros.

Isso terá de bastar.

Levo uma hora atravessando ruas e pontes até finalmente chegar à estação de trem Santa Lucia. Mas não entro na estação, porque é um lugar onde o pessoal da família Capobianco certamente me esperaria. Sigo para um dos muitos cyber cafés e uso parte do precioso dinheiro para pagar por uma hora de acesso à internet. Passa da meia-noite, mas o local está cheio de gente digitando nos teclados. Sento-me diante de um computador distante da janela, entro na minha conta de e-mail e procuro o site da Europol em busca das informações de contato. Não vejo nenhuma maneira de me comunicar diretamente com o setor de investigação, por isso escrevo a mensagem para o departamento de mídia.

Meu nome é Julia Ansdell. Tenho informações importantes sobre o assassinato de Stefano Padrone, em Roma, algumas semanas atrás...

Escrevo todos os detalhes de que me lembro sobre *Incendio*, Lorenzo Todesco e a família Capobianco. Conto que minha amiga Gerda foi baleada em frente ao hotel e que Francesca e Salvatore talvez estejam mortos. Será que a Europol vai me considerar uma louca bolando teorias da conspiração? Ou vai perceber que estou realmente em perigo e preciso de sua ajuda imediata?

Quando termino de escrever, quarenta e cinco minutos se passaram, e estou ao mesmo tempo eufórica e esgotada. Não há mais nada que eu possa fazer além de apertar o botão ENVIAR e torcer para que tudo dê certo. Mando cópias também para o Museu Hebraico de Veneza, para tia Val e para Rob. Se eu aparecer morta, pelo menos eles saberão o motivo.

A mensagem se perde no espaço virtual.

Ainda me restam quinze minutos de internet, por isso abro a caixa de entrada. Há cinco e-mails de Rob, o último enviado apenas duas horas atrás.

Estou morto de preocupação. Gerda não atende o telefone. Por favor, só quero saber se está tudo bem. Ligue para mim, mande uma mensagem de texto, qualquer coisa. Prometo que, independentemente dos problemas que tivemos, vamos dar um jeito. Te amo. Nunca vou desistir de você.

Leio as palavras, desesperadamente querendo acreditar.

A contagem regressiva começa a piscar no computador. Só tenho mais três minutos de internet.

Começo a digitar.

Estou com medo e preciso de você. Lembra o dia que te contei que estava grávida? É onde estarei. Na mesma hora, no mesmo lugar. Não diga nada a ninguém.

Aperto o botão ENVIAR.

Meu tempo de internet está nos últimos trinta segundos quando uma nova mensagem surge na caixa de entrada. É de Rob e tem apenas duas palavras:

Estou indo.

Veneza é o lugar perfeito para se esconder. Cheia de ruelas, abarrotada de turistas do mundo inteiro, é fácil se perder na multidão. De manhãzinha, quando as ruas começam a ganhar vida novamente, saio de baixo da arcada onde passei a noite. Encontro um mercado, onde compro pão, frutas, queijo e uma imprescindível xícara de café. Assim, o que tinha sobrado dos cinquenta euros se vai, e fico sem dinheiro nenhum. Não há nada que eu possa fazer além de esperar a chegada de Rob. Sei que ele virá, nem que seja porque não gosta de equações inacabadas.

Passo o dia tentando me manter escondida. Evito a estação de trem e as paradas de *vaporetto*, onde sem dúvida estão me procurando. Encontro refúgio numa igreja de aspecto modesto nos confins de Cannaregio. A fachada da Sant'Alvise é simples e despretensiosa, mas o interior é cheio de belíssimos afrescos. Também é frio e silencioso, e há apenas duas mulheres lá dentro, sentadas de cabeça baixa, rezando. Sento-me num banco e espero as horas passarem. Quero desesperadamente saber se Gerda está viva, mas tenho medo de aparecer no hospital. Também tenho medo de me aproximar do Museu Hebraico, e Francesca me disse que nem mesmo a polícia é confiável. Estou sozinha.

As duas mulheres saem, e outros devotos entram para rezar e acender velas. Nenhum visitante é turista. A Sant'Alvise fica longe demais do circuito de praxe.

Às quatro da tarde, finalmente me levanto. Saio da igreja para o sol vespertino, que está tão forte que me sinto terrivelmente exposta ao seguir para a Ponte de Rialto. As ruas ficam cada vez mais cheias. O calor é tão opressivo que todo mundo parece avançar em câmera lenta. Foi quatro anos atrás, numa tarde quente assim, que dei a Rob a notícia de que finalmente teríamos um filho. Fazia horas que estávamos caminhando, e, na metade da Ponte de Rialto, fiquei tão exausta que parei para respirar.

Você está se sentindo mal?

Não. Mas acho que estou grávida.

Foi um desses momentos de tamanha alegria que me lembro de todos os detalhes. O cheiro salgado do canal. O gosto dos lábios dele nos meus. É uma lembrança que apenas uma pessoa divide comigo. Só ele sabe onde estarei.

Junto-me aos turistas que sobem a ponte e imediatamente sou tragada pela multidão. Na metade do caminho, detenho-me na bancada de um vendedor de artesanato em vidro e fico examinando a coleção de colares e brincos. Passo tanto tempo ali que o vendedor acha que vai fazer uma venda, embora eu lhe diga que só estou olhando. A assistente dele se aproxima, oferecendo-me descontos, a voz tão estridente que as pessoas à volta se viram para nós. Quando me afasto, ela grita ainda mais alto, irritada com o fato de estar perdendo a cliente.

— Julia — ouço me chamarem.

Dou meia-volta e ali está ele, com a barba por fazer, o cabelo em desalinho. Parece que faz dias que Rob não dorme e, quando me abraça, sinto o cheiro de seu medo.

— Está tudo bem — murmura ele. — Vou levar você para casa agora, e vai ficar tudo bem.

— Não posso simplesmente entrar num avião, Rob. É perigoso.

— Claro que pode.

— Você não sabe o que aconteceu. Estão tentando me matar!

— É por isso que esses homens estão aqui, para protegê-la. Você só precisa confiar neles.

Homens?

Só então noto dois indivíduos se aproximarem. Não há nenhum lugar para onde eu possa fugir. Rob enlaça meu corpo, me prendendo.

— Julia, meu amor, estou fazendo isso por você — afirma. — Por nós.

Tento me desvencilhar, mas Rob me segura firme, me apertando com tanta força que parece que vai me esmagar. Vejo uma luz súbita, clara como a explosão de mil sóis. E, depois, mais nada.

20

Através da névoa que tolda minha visão, diviso o retrato de uma mulher. Ela veste um manto azul esvoaçante e olha para cima, as mãos erguidas ao céu. É a imagem de alguma santa, embora eu não saiba seu nome. O quadro na parede é a única cor que vejo neste cômodo onde as paredes são brancas, o lençol é branco, a cortina é branca. Através da porta fechada, ouço vozes em italiano e o ruído de um carrinho atravessando o corredor.

Não me lembro de como vim parar aqui, mas sei exatamente onde estou. Num hospital. O soro pinga no fio intravenoso que serpenteia até a minha mão esquerda. Perto da cama há uma bandeja com uma jarra de água, e, em meu pulso, há uma pulseira de plástico com meu nome e data de nascimento. A pulseira não informa a ala em que estou, mas deduzo que seja a ala psiquiátrica de algum hospital italiano, onde não posso nem me comunicar com os médicos. Fico imaginando se existe algum procedimento de extradição para pacientes mentais, como há para criminosos. Será que a Itália vai me encaminhar para o meu país, ou estarei fadada a fitar para sempre a santa de manto azul na parede?

Ouço passos no corredor e me sento na cama quando a porta se abre, revelando Rob. Mas não é para ele que olho: é para a mulher que está ao seu lado.

— Como você está? — pergunta ela.

Sacudo a cabeça, perplexa.

— Você está aqui. Está viva.

Francesca assente.

— Salvatore e eu ficamos tão preocupados! Depois que você saiu correndo do apartamento da minha avó, nós a procuramos por toda parte. A noite inteira.

— Eu saí correndo? Mas achei que...

Minha cabeça lateja e massageio as têmporas, tentando recuperar as lembranças da noite passada. As imagens vêm num turbilhão. Um beco escuro. O portão de um jardim. Então me lembro da minha blusa suja de sangue e vejo meu braço enfaixado.

— Como isso aconteceu? Foi uma explosão?

Ela sacode a cabeça.

— Não, não foi nenhuma explosão.

Rob se senta na cama e segura minha mão.

— Julia, você precisa ver uma coisa. É algo que explica os cortes no seu braço. Explica tudo o que aconteceu com você nestas últimas semanas. — Ele encara Francesca. — Mostre a ela o vídeo.

— Que vídeo? — pergunto.

— O vídeo que gravamos ontem à noite, no apartamento da minha avó.

Francesca pega o laptop na bolsa. Vira a tela para mim e dá início ao vídeo. Vejo meu rosto, ouço minha voz.

Meu nome é Julia Ansdell. Tenho 33 anos e sou casada com Robert Ansdell. Nós moramos na rua Heath, 4.122, em Brookline, Massachusetts...

Na tela, estou nervosa, desgrenhada, e fico voltando os olhos para as duas pessoas que não aparecem na imagem. Mas não titubeio ao explicar a história de *Incendio*. Ao dizer que comprei a partitura na loja de Stefano Padrone. Que vim a Veneza em busca de respostas. Que Gerda e eu fomos atacadas em frente ao hotel.

Juro que tudo que eu disse é verdade. Se alguma coisa acontecer comigo, pelo menos vocês vão saber...

De repente, meu rosto fica inexpressivo. Passam-se alguns instantes de silêncio.

Na gravação, irrompe a voz de Francesca: "Julia, o que foi?" Ela aparece na imagem, segura meu ombro, me sacode de leve. Não reajo. Ela diz algo em italiano para Salvatore.

A câmera ainda está gravando quando me levanto como um robô e desapareço. Francesca e Salvatore chamam meu nome. Há o estrondo de vidro se quebrando, e Francesca grita, assustada: "Aonde você vai? Volte aqui!"

Ela para o vídeo, e só vejo na tela a cadeira vazia onde eu antes estava sentada.

— Você quebrou a janela e saiu correndo. Telefonamos para o pessoal do museu, para nos ajudarem a encontrá-la, mas não conseguimos. Por isso usamos seu celular, que estava na bolsa, para ligar para o seu marido. Por acaso, ele já estava no aeroporto de Boston, esperando o voo de Veneza.

— Não entendo — murmuro, fitando a tela do computador. — Por que eu fiz isso? O que há de errado comigo?

— Meu amor, acho que sabemos a resposta — diz Rob. — Quando foi internada, algumas horas atrás, você não reagia, era como se estivesse catatônica. Os médicos fizeram um exame neurológico de emergência. Foi quando descobriram o problema. Eles acham que é benigno e podem remover, mas você vai precisar de cirurgia.

— Cirurgia? Para quê?

Ele segura minha mão e, num murmúrio, responde:

— Tem um tumor pressionando o lobo temporal do seu cérebro. Isso explica as dores de cabeça, os lapsos de memória. Explica tudo que aconteceu nestas últimas semanas. Lembra o que o neurologista de Lily falou sobre as convulsões do lobo temporal? Sobre como os pacientes podem executar tarefas extremamente complexas? A pessoa pode andar, falar, até dirigir durante a crise. Foi *você* que matou Juniper. *Você* enfiou aquele caco de vidro na sua perna. Só não se lembra disso. E, quando acordou, achou que tivesse ouvido a Lily dizer "dodói mamãe, dodói mamãe", como se ela estivesse dizendo que tinha feito um "dodói" em você. Mas não era isso que ela estava dizendo. Acho que o que ela estava dizendo era algo como "mamãe dodói, mamãe dodói". Estava com medo. Tentando consolar você.

Minha garganta se fecha e, de repente, estou chorando de alívio. Minha filha me ama. Minha filha sempre me amou.

— Tudo que você passou — continua Rob — pode ser explicado pelas convulsões. Pelo tumor.

— Nem tudo — intervém Francesca. — Ainda há a questão de *Incendio* e sua origem.

Sacudo a cabeça.

— Ah, meu Deus, estou tão confusa que já não sei mais o que é real e o que é imaginário.

— Você não imaginou o homem que tentou matar você. O homem que atirou na sua amiga.

Encaro Rob.

— Gerda...

— Ela vai ficar bem. Sobreviveu à cirurgia e está se recuperando — garante ele.

— Então essa parte é real? O tiro?

— Tão real quanto os seguranças que estão agora à porta deste quarto — diz Francesca. — A Europol está investigando tudo e, se o que suspeitamos da família Capobianco for verdade... — Ela sorri. — Você derrubou o homem que poderia ser nosso próximo primeiro-ministro. Parabéns! Meus colegas do museu acham que você é uma heroína.

É uma vitória que não sinto vontade de comemorar, porque estou pensando num inimigo muito mais íntimo, o tumor que agora está alojado no meu cérebro. Um inimigo que distorceu minha realidade de tal modo que me fez temer as pessoas que mais amo. Penso na frequência com que eu vinha massageando as têmporas doloridas, tentando aliviar o que crescia dentro de mim. Um inimigo que ainda pode me derrotar.

Mas já não me encontro sozinha nessa luta, porque Rob está ao meu lado. Sempre esteve ao meu lado, mesmo quando eu não sabia.

Francesca guarda o laptop.

— Agora, preciso trabalhar. Preparar declarações, arquivar documentos. Vamos fazer uma busca minuciosa em relação a tudo que temos sobre a família Todesco. — Ela sorri para mim. — E você também tem uma tarefa pela frente.

— Tenho?

— Você precisa melhorar, Julia. Estamos contando com isso. Foi você que abriu nossos olhos para a música de Lorenzo. É você que precisa contar a história de *Incendio*.

21

Oito anos depois

Na Calle del Forno, puseram uma placa na casa de número onze, onde Lorenzo e a família moravam. A placa traz uma inscrição simples em italiano: "Aqui morou o compositor e violinista Lorenzo Todesco, que morreu no campo de extermínio de Risiera di San Sabba, em outubro de 1944." Não diz nada sobre *Incendio* nem sobre a família de Lorenzo, ou as circunstâncias de seus últimos meses em San Sabba, mas não precisa. Hoje, o documentário de sua vida será exibido ao público pela primeira vez. Logo, todas as pessoas de Veneza conhecerão sua história.

Também conhecerão a minha história, porque fui eu que descobri *Incendio* e hoje, na estreia veneziana do filme, meu quarteto apresentará a música. Embora o corpo de Lorenzo tenha há muito tempo sido consumido pelas chamas do crematório de San Sabba, a obra dele ainda tem o poder de mudar vidas. Ela derrubou o homem que seria primeiro-ministro. Alertou-me sobre o meningioma que estava crescendo no meu cérebro. E, nesta noite, trouxe gente de todo o mundo ao auditório da Ca' Foscari, para assistirem ao filme *Incendio* e ouvirem a valsa que o inspirou.

Na coxia, sinto-me inusitadamente calma, apesar do burburinho da plateia, que ouvimos através da cortina fechada. O auditório está lotado, e Gerda está tão animada que fica tamborilando com os dedos no violino. Ouço nossa violoncelista atrás de mim, nervosamente endireitando a saia de tafetá.

A cortina se ergue, e entramos no palco.

Sob o clarão dos holofotes, não vejo a plateia, mas sei que Rob, Lily e Val estão na terceira fila quando ergo o arco ao violino. Já não tenho medo da música, que outrora produzia tempestades elétricas em meu cérebro. Sim, ela tem uma história assombrosa — e a morte a acompanhou de um século para outro —, mas não traz maldição alguma, azar algum. No fim das contas, é apenas uma valsa, um eco atrasado das mesmas notas que Lorenzo tocava, e é belíssima. Fico imaginando se o espírito dele nos ouve tocar. Se as notas que se desprendem das cordas de algum modo atravessam dimensões e o encontram onde quer que esteja. Se nos ouve tocar, ele sabe que não foi esquecido. E isso, no fim, é o que todos desejamos: não sermos esquecidos nunca.

Chegamos ao último compasso. A última nota é de Gerda e é ao mesmo tempo aguda, doce e dolorosa, como um beijo lançado ao céu. A plateia permanece silenciosa, aturdida, como se ninguém quisesse interromper a santidade do momento. Quando o aplauso irrompe, é estrondoso. *Está ouvindo os aplausos, Lorenzo? Eles vêm com setenta anos de atraso, mas são todos para você.*

Depois, no camarim, nós quatro ficamos encantadas ao encontrar uma garrafa de champanhe num balde de gelo. Gerda abre a garrafa, e brindamos à apresentação.

— Nunca tocamos tão bem! — exclama Gerda. — Próxima parada, a estreia de Londres!

Mais um brinde, mais risadas de satisfação. Numa noite em que honramos a vida de Lorenzo Todesco, parece errado estarmos tão tranquilas e felizes, e esse é apenas o começo das festividades. Enquanto guardamos os instrumentos, a festa do diretor do filme já está acontecendo no pátio: serão bebidas, quitutes e dança sob as estrelas. Gerda e as outras estão ávidas para participar e saem às pressas do camarim.

Estou prestes a acompanhá-las quando alguém me chama.

— Sra. Ansdell?

Virando-me, dou de cara com uma mulher de seus 60 anos, o cabelo castanho, comprido, com alguns fios brancos, os olhos também castanhos, muito sérios.

— Sou eu — respondo. — Posso ajudá-la?

— Li sua entrevista no jornal de ontem — diz a mulher. — O artigo sobre *Incendio* e a família Todesco.

— Sim?

— Tem uma parte da história que não foi mencionada no artigo. Não restou ninguém da família Todesco, por isso não teria como a senhora ter conhecimento dela. Mas acho que gostaria de saber.

Eu franzo a testa.

— É sobre Lorenzo?

— De certo modo. Mas, na verdade, é sobre uma moça chamada Laura Balboni. E o que aconteceu com ela.

O nome de minha visitante é Clementina. Ela nasceu em Veneza e é professora de inglês numa escola de ensino médio da cidade, motivo pelo qual fala com tamanha fluência. Gerda e as demais já foram para a festa, por isso Clementina e eu estamos sozinhas no camarim, onde nos sentamos num sofá de estofado gasto. Ela me diz que soube da história pela sua tia, já falecida, que trabalhava como governanta para um homem chamado Augusto Balboni, um distinto professor de música da Ca' Foscari. O professor era viúvo e tinha uma única filha, uma menina chamada Laura.

— Minha tia Alda me contou que a menina era linda e talentosa. E destemida — acrescenta Clementina. — Tão destemida que, quando pequena, subiu numa cadeira para ver o que estava borbulhando no fogão. A panela virou e queimou os braços dela, deixando-a com cicatrizes horríveis. Mas ela nunca tentou esconder as cicatrizes. Deixava-as expostas ao mundo, corajosa.

— A senhora disse que sua história tem uma ligação com Lorenzo — lembrei-lhe.

— Tem, sim. E foi aqui que as duas histórias se fundiram — responde Clementina. — Com Laura e Lorenzo. Os dois se apaixonaram.

Inclino-me para a frente, animada com essa nova revelação. Até agora, só sabia do trágico fim de Lorenzo. Aqui estava um detalhe não sobre sua morte, mas sobre sua vida.

— Eu não sabia de Laura Balboni. Como ela e Lorenzo se conheceram?

Clementina sorri.

— Foi por causa da música. Tudo começou com a música.

A música de um violino e um violoncelo, unidos em perfeita harmonia, explica ela. Toda quarta-feira, Laura e Lorenzo se encontravam na casa da menina, em Dorsoduro, para ensaiar o dueto que apresentariam num prestigioso concurso da Ca' Foscari. Imagino os dois, Lorenzo com seus olhos castanhos, Laura com seu cabelo dourado, juntos, hora após hora, tentando dominar a obra. Quanto tempo teriam levado para finalmente erguer os olhos da partitura e se concentrar apenas um no outro?

Teriam notado, ao se apaixonarem, que o mundo desmoronava à sua volta?

— Quando a SS dominou Veneza, Laura tentou salvá-lo — conta Clementina. — Ela e o pai fizeram tudo que podiam para ajudar a família Todesco, arriscando as próprias vidas. Os Balboni eram católicos, mas que diferença faz isso nos assuntos do coração? Certamente não teve nenhuma importância para Laura, que o amava. Mas, no fim, não houve nada que ela pudesse fazer para salvar Lorenzo ou sua família. Ela estava lá no dia em que foram deportados. Assistiu à família se dirigir à estação de trem. Foi a última vez que viu Lorenzo.

— O que aconteceu com ela?

— Minha tia me disse que a coitadinha nunca perdeu a esperança de que Lorenzo voltaria. Lia e relia a carta que ele mandou para ela do trem. Ele dizia que a família estava bem, que tinha certeza de que o campo de trabalho não seria tão terrível assim. Prometia voltar, se ela o esperasse. E, durante meses, ela esperou, mas não veio mais nenhuma notícia.

— Então ela não fazia ideia do que tinha acontecido com ele?

— Como poderia? A carta escrita no trem foi o suficiente para lhe dar esperança, porque ela acreditava que ele só estava indo para um campo de trabalho. Foi por isso que incentivaram os detentos a bordo do trem a escreverem cartas, tranquilizando os amigos. Na cidade, ninguém sabia aonde o trem os levaria. Ninguém imaginava que estavam indo para a Polônia, onde seriam todos...

A voz de Clementina se perde.

— Laura chegou a descobrir o que aconteceu com ele?

— Não.

— Mas ela esperou, não esperou? Quando a guerra terminou, procurou por ele?

Clementina sacode a cabeça, em desalento.

Afundo no sofá, decepcionada. Esperava que essa fosse uma história de devoção, de amantes que permanecem firmes mesmo depois que a guerra os separa. Mas Laura Balboni não cumpriu a promessa de esperar por Lorenzo. Não se trata, afinal de contas, da história de amor eterno que eu gostaria de ouvir.

— Bem, a senhora mencionou que ela era muito bonita — digo.
— Claro que haveria outro homem.

— Não houve outro homem. Não para Laura.

— Então ela nunca se casou?

A mulher parece olhar através de mim, como se eu nem sequer estivesse aqui e ela falasse com alguém que não vejo.

— Aconteceu em maio de 1944. Cinco meses depois que os Todesco foram deportados — diz ela, num murmúrio. — O mundo estava em guerra e, em toda a Europa, havia morte e tragédia. E, no entanto, me disseram que foi uma primavera linda. As estações não se importam com os cadáveres que apodrecem nos campos: a natureza segue florescendo. Minha tia Alda disse que já era madrugada quando uma família surgiu à porta do professor Balboni. Um casal e dois filhos pequenos. Eram judeus que, havia meses, estavam escondidos no sótão de um vizinho, mas a SS vinha apertando o cerco, e eles estavam desesperados para fugir para a Suíça. Tinham ouvido dizer que o professor era solidário e pediram abrigo por uma noite. Minha tia avisou a ele que era perigoso: a SS já sabia de suas inclinações políticas, podia invadir a casa. Sabia que poderia ser desastroso.

— Ele ouviu sua tia?

— Não. Porque Laura, a destemida e obstinada Laura, não quis recusar ajuda à família. Imaginou Lorenzo à porta da casa de um desconhecido, pedindo ajuda. Não suportava a ideia de que ele não recebesse auxílio. E convenceu o pai a acomodar a família aquela noite.

O medo deixa minhas mãos geladas.

— Na manhã seguinte, minha tia foi ao mercado — continua Clementina. — Quando voltou, encontrou a SS vasculhando a casa, chutando portas, quebrando móveis. Os judeus que haviam se abrigado ali foram presos e depois deportados para um campo de extermínio polonês. E os Balboni...

Ela se detém, como se não tivesse coragem de prosseguir.

— O que houve com eles?

Clementina respira fundo.

— O professor Balboni e a filha foram arrastados para fora de casa. Junto ao canal, foram obrigados a se ajoelhar na rua, como exemplos públicos do que acontecia a quem ousava esconder judeus. Foram executados ali mesmo.

Não consigo dizer nada. Não consigo nem respirar. Abaixo a cabeça e enxugo as lágrimas pela jovem que nunca conheci. No dia de primavera em que Laura Balboni foi executada, Lorenzo ainda estava vivo. Ele só morreria em San Sabba no outono, quando a moça que ele amava já estava morta havia meses. Embora não soubesse que ela fora assassinada, teria ele de algum modo sentido sua morte? Quando a alma dela partiu, teria ele ouvido sua voz nos sonhos, sentido seu hálito na pele? Quando marchou para sua própria execução, teria se consolado sabendo que também se encaminhava para Laura? Ela havia prometido esperar por ele, e lá estaria, pronta para recebê-lo do outro lado da morte.

É no que quero acreditar.

— Agora a senhora sabe o resto da história — observa Clementina. — A história de Laura.

— E eu não sabia nada disso! — exclamo. — Obrigada. Eu jamais teria ouvido o nome dela se a senhora não tivesse me contado.

— Contei porque é importante nos lembrarmos não apenas das vítimas, mas também dos heróis, a senhora não acha? — Ela se levanta. — Foi um prazer conhecê-la.

— Mamãe, *finalmente* achei você! — Minha filha entra correndo no camarim. O cabelo de Lily se soltou da trança, e mechas louras se agitam em torno do rosto. — O papai está procurando você por toda parte. Por que você não saiu? A festa no pátio já começou, está todo mundo dançando. Você precisa ouvir o que a Gerda está tocando. É um *klezmer* maluco.

— Estou indo, meu amor.

— Então essa é sua filha — diz Clementina.

— O nome dela é Lily.

As duas se cumprimentam, e a mulher pergunta:

— Você é musicista como sua mãe?

Lily sorri, radiante.

— Quero ser.

— Já é — intervenho, orgulhosa. —Lily tem um ouvido melhor do que jamais terei. E só tem 11 anos. A senhora precisa ouvi-la tocar.

— Você toca violino?

— Não — responde Lily. — Toco violoncelo.

— Violoncelo — repete Clementina, num murmúrio, observando minha filha. Embora sorria, há tristeza nos olhos da mulher, como se ela visse o retrato de alguém que já conheceu. Alguém que há muito tempo desapareceu da face da Terra. — É um prazer conhecê-la, Lily. Um dia, espero mesmo ouvi-la tocar.

Minha filha e eu saímos do prédio para a agradável noite de verão. Lily não apenas caminha, mas vai dançando ao meu lado, um serzinho de cabelo dourado, sandálias e vestido floral a saltitar pelo chão de pedras. Cruzamos o pátio, passando por grupos de estudantes universitários que riem e conversam em italiano, passando por um chafariz onde a água jorra em sua própria suave melodia. No céu, pombos voam como anjos de asas brancas, e sinto o cheiro de rosas e maresia.

Em algum lugar adiante, um violino toca *klezmer*. É uma música alegre, animada, que me faz querer dançar, bater palmas.

Viver.

— Está ouvindo, mamãe? — Lily me puxa. — Vamos, você vai perder a festa!

Sorrindo, dou a mão para minha filha e, juntas, avançamos em direção à música.

Observações históricas

É difícil acreditar, andando no Campo Ghetto Nuovo de hoje, que essa tranquila praça veneziana já tenha sido um local de tamanha tragédia. As placas expostas nas paredes da praça contam a dolorosa história dos quase duzentos e cinquenta judeus de Veneza que foram presos e deportados em 1943 e 1944. Apenas oito voltaram vivos. Durante esses anos terríveis, vinte por cento dos 47 mil judeus da Itália morreram, a maioria assassinada em campos de extermínio.

Por mais aterradores que sejam, esses números são ínfimos em comparação ao que acontecia com judeus de outros cantos da Europa ocupada. Na Polônia, na Alemanha e no Báltico, noventa por cento da população judaica foi aniquilada. Na Holanda, setenta e cinco por cento desapareceram em campos de extermínio; e, na Bélgica, sessenta. Por que uma porcentagem maior de judeus sobreviveu na Itália? O que os diferenciava?

Essa questão me intrigava quando eu percorria as ruelas de Cannaregio, o bairro veneziano onde muitos judeus outrora moraram. Haveria alguma singularidade na personalidade italiana que fazia os habitantes locais desconsiderarem — e até resistirem — leis que consideravam injustas? Como uma pessoa que sempre se sente impelida a voltar à Itália, que é apaixonada por seu povo, eu *queria* acreditar que os italianos eram especiais. Mas bem sei que todo país tem seu lado sombrio.

A questão de "O que diferenciava a Itália?" é estudada em dois livros excelentes: *The Italians and the Holocaust*, de Susan Zuccotti; e *Storia degli ebrei ittaliani sotto il fascismo*, de Renzo De Felice. Ambos os autores concordam que, para os judeus, a Itália foi *de fato*, em muitos sentidos, diferente do resto da Europa ocupada. Bem-adaptados e fisicamente indistintos de seus vizinhos, os judeus se misturaram com facilidade à população. Antes da guerra, ocupavam posições de destaque no governo, no meio acadêmico, no mundo dos negócios, na medicina e no poder judiciário. De seus casamentos, quarenta e quatro por cento eram com pessoas não judias. Em todos os sentidos, eles decerto se sentiam integrados à sociedade italiana. Até a amante e biógrafa de Benito Mussolini, a renomada Margherita Sarfatti, era judia.

Mas a segurança é com frequência uma ilusão e, ao longo da década de 1930, os judeus aos poucos notaram que, mesmo na Itália, o chão sob seus pés estava se tornando uma perigosa areia movediça. No começo, os sinais eram apenas preocupantes: o surgimento de editoriais antissemitas em algumas publicações, seguido da demissão de jornalistas judeus do jornal *Il Popolo d'Italia*. Em 1938, a campanha contra eles se acelerou, resultando numa série de leis ainda mais onerosas. Em setembro de 1938, os judeus foram proibidos de lecionar ou estudar nas escolas. Em novembro de 1938, o casamento misto foi vetado, e os judeus foram demitidos do serviço público. Em junho de 1939, foram proibidos de exercer profissões qualificadas, o que deixou médicos, advogados, arquitetos e engenheiros desempregados. Eles não podiam ter rádio nem entrar em prédios públicos. Não podiam visitar locais de recreação populares. Música composta por judeus não podia tocar nas rádios.

À medida que as leis ficavam cada vez mais ultrajantes, alguns preferiram deixar o país. Mas a maioria permaneceu. Mesmo quando os sinais de perigo se acumulavam, não acreditaram que o que estava acontecendo na Alemanha e na Polônia aconteceria na Itália. Como o sapo da metáfora, que é posto na panela e levado ao fogão, a maioria dos judeus se adaptou às terríveis novas realidades e simplesmente tocou a vida. Para famílias como a de Lorenzo, famílias que moravam no país havia séculos, aonde mais poderiam ir?

Em 1943, com a ocupação alemã do norte e centro da Itália, essas famílias se viram encurraladas. Quando a SS se pôs a persegui-los, os judeus tentaram se esconder ou fugir. Alguns conseguiram cruzar a fronteira da Suíça. Outros foram acolhidos por padres e freiras, abrigando-se em monastérios ou conventos. E houve quem se escondesse na casa de amigos e vizinhos solidários.

Mas muitos foram presos e deportados como a família de Lorenzo, enviados de trem para destinos ao norte. A maioria acreditava que estava indo para campos de trabalho. Poucos podiam imaginar que a viagem terminaria em crematórios poloneses.

Em Veneza, a desgraça se deu de maneira tão repentina que eles foram surpreendidos enquanto dormiam. No começo de dezembro de 1943, quando as sirenes de ataque aéreo irromperam para abafar os gritos, as autoridades recolheram cerca de cem judeus. Temporariamente presos numa escola transformada em centro de detenção, eles passaram dias sem comida, até que, apiedados, os vizinhos jogaram alimentos pelas janelas. Famintos, conduzidos ao trem que os levaria da cidade, os detentos decerto ainda acreditavam que sobreviveriam, porque muitos escreveram cartas tranquilizando os amigos.

A viagem para Auschwitz passava pelo campo de trânsito de Risiera di San Sabba, em Trieste. Originalmente construído como uma fábrica de descascar arroz, Risiera di San Sabba se transformou no único campo de extermínio em solo italiano. Na primavera de 1944, recebeu seu próprio crematório, destino final de milhares de prisioneiros políticos, guerrilheiros e judeus. O barulho das execuções, e às vezes os gritos que vinham do próprio forno, era tão terrível que tocavam música para abafá-lo.

Nesse cenário histórico brutal, é fácil identificar os vilões, desde os políticos que defenderam leis antissemitas, até a polícia fascista que prendeu e deportou seus conterrâneos, ou os informantes que traíram vizinhos e colegas de trabalho. Mas também é fácil encontrar heróis: o professor Giuseppe Jona, que, quando solicitado a entregar os nomes dos judeus de Veneza, destruiu a lista e se suicidou; os milhares de guerrilheiros, muitos dos quais morreram nas mãos de torturadores em San Sabba; os *carabinieri* solidários, oficiais de polícia que se recusaram a prender os judeus e até ajudaram a escondê-los; e os muitos padres, freiras e italianos comuns que alimentaram, vestiram e deram abrigo a desconhecidos em desesperada necessidade.

Assim como os Balboni, alguns desses heróis anônimos pagaram seus feitos com a vida.

Essas são as pessoas que eu queria homenagear em *Valsa maldita*, os homens e mulheres cujos atos de humanidade e sacrifício dão a todos nós esperança. Mesmo nos momentos mais assustadores, sempre haverá uma Laura para iluminar o caminho.

Leitura recomendada:

Susan Zuccotti, *The Italians and the Holocaust*. Lincoln: University of Nebraska Press, 1996.

Renzo De Felice, *The Jews in Fascist Italy*. New York: Enigma Books, 2001.

"The Holocaust in Italy." United States Holocaust Memorial Museum. Site do museu: ushmm.org/learn/mapping-initiatives

"Risiera di San Sabba." Site do museu: risierasansabba.it

Agradecimentos

A capacidade da música de inspirar e mudar vidas, mesmo através dos séculos, encontra-se no âmago de *Valsa maldita*. Sou grata a todas as pessoas que trouxeram a dádiva da música à minha vida: meus pais, que sabiam que um dia eu lhes agradeceria por todas aquelas longas e enfadonhas horas de estudo no piano e no violino; meus professores de música, que suportaram pacientemente todas as minhas notas erradas; e meus colegas de *jam session*, com quem passei muitas noites inesquecíveis. Os músicos são as pessoas mais generosas do mundo, e sinto-me abençoada por fazer parte de seu círculo. Em particular, agradeço a Janet Ciano, que inspirou toda uma geração de instrumentistas de corda; Chuck Markowitz, que, assim como eu, adora simplesmente ficar tocando ao léu; e Heidi Karod, por ter sido a primeira pessoa a tocar *Incendio*.

Sou grata ao apoio inabalável de minha agente literária, Meg Ruley, minhas editoras, Linda Marrow (Ballantine) e Sarah Adams

(Transworld UK), e uma equipe editorial que atravessa o Atlântico: Libby McGuire, Sharon Propson, Gina Centrello, Kim Hovey, Larry Finlay e Alison Barrow. É uma alegria trabalhar com vocês!

Sobretudo, agradeço ao meu marido, Jacob, que se manteve ao meu lado durante todos os altos e baixos da minha carreira. É difícil ser casado com alguém que ganha a vida escrevendo, e ninguém faz isso melhor do que ele.

Este livro foi composto na tipografia
Palatino LT Std, em corpo 11/16,1, e impresso em
papel off-white no Sistema Digital Instant Duplex
da Divisão Gráfica da Distribuidora Record.